ある迷医のものがたり

秋田《あきた》 健太郎《けんたろう》

文芸社

はじめに

研修医の頃のことです。私は先輩のS先生と名医になるための方法について語り合っていました。

S先生が言いました。

「『名医』といわれるほどの人は、患者さんが診察室にはいってきてから椅子に腰掛けるまでの間に8割がた診断をつけているのだという。検査をおこなうのはただその診断を確かめるためなのだそうだ。ところが『迷医』はあらゆる検査をおこなっても診断をつけられず、かえって情報の森の中でさまよってしまっているのだ」

私は尋ねました。

「私のような『迷医』が『名医』になるためにはどうしたらよいのでしょうか？」

「『名医』ははじめから『名医』だ。屍を乗り越えて到達するようなものではない。だいいち、それでは患者さんが浮かばれないだろう？」

言われてみれば確かにそのとおりです。医者に練習や失敗は許されないのです。失敗しながら覚えるタイプの私は暗澹たる気持ちになりました。

「しかし、ひとつだけ方法がある」

「そ、それはどんな方法ですか？」

「他人の失敗から学ぶことである。俺はたくさんの『迷医』の失敗を集めて本を作ろうと思う。名付けて『迷医の失敗大全集』。それを教科書にして失敗しない方法を学ぶのだ！」

素晴らしいアイデアだと思いましたが、残念ながらその企画は実現しませんでした。自分の失敗を提供しようとする医者がなかなかいなかったからです。

誰もが初めは名医をめざして勢いよく飛び立っていきます。私もそうでした。けれども雨にうたれ、風に吹かれ、雪にもまれているうちに、いつしか熱意の翼も折れ朽ちて、ついには失速してしまったのでした。ニュートンが万有引力を発見するはるか以前からりんごが木から落ち続けていたように、人の世には人の世の抗しがたい重力が働き続けているのでしょう。

この本はそんな『迷医』の言い訳を、ある時は雄弁に、またある時は苦し紛れに書き綴ったものです。みなさんのお役に立つような代物ではありませんが、おかしくて、かなしくて、バカバカしくって、ちょっぴり切ない『迷医』のものがたりをお届けすることができたら幸いです。

目次

第1章　迷医の開業記

「生活とは何ですか。」
「わびしさを堪える事です。」

「かすかな声」（『もの思う葦』に収録）　太宰　治

雨にも負けず（迷医版）

雨にも負けず、風にも負けず、
雪にも夏の暑さにも負けずに通う
丈夫な患者さんを持ち、
欲はなく、決して怒らず、
いつも静かに笑ってくれる妻に
支えられている。
一日に外来30人と、
「エコー」と少しの「胃カメラ」をとり、
あらゆる患者さんをよく見、聞きしわかり、
そして忘れず。

東北の田舎の小さな診療所の中にいて、
東に病気の子供あれば、行って看病してやり、
西に疲れた母あれば、行って点滴をうってやり、
南に死にそうな人あれば、行って怖がらなくてもいいと言い、
北に開業しそうな医師あれば、つまらないからやめろと言い、
患者ひでりの時は涙を流し、
赤字の夏はおろおろ歩き、
みんなに「迷医」と呼ばれ、
ほめられもせず、苦にもされず、
そういう町医者に私はなってしまった。

初夢

昨年の初夢はこんな夢でした。

朝起きると、私の診療所の前にたくさんの患者さんが列をなしているのです。まさに「門前市をなす」の光景です。私は「ついにこの日が来たか！」と思わず小躍りしました。

しかし、どうも様子が変です。よくみると玄関には「焼肉レストラン本日開店」と書いてあるではありませんか。「そんなバカな！」と叫んだところで目が覚めたのです。

なぜこんな夢をみたのでしょう。思い当たるのは私の診療所ができた時、初めて見にきてくれた女性が「まあ可愛い、まるで焼肉レストランみたい」と言ったため、それを聞いたこどもたちが「カンサン、カンサン、バンサンカン、焼肉やいても家焼くな」と例のCMソングを歌ってはやしたてるようになったことです。

このはやし言葉には、当院がいつもヒマで閑散としている、という意味合いが込められているようで、院長としてははなはだ残念でなりません。しかも言うに事欠いて「焼肉レストラン」とは情けない限りです。

そういえば、この診療所を建てる際、大工さんとは初めから意見が合いませんでした。私は当初、しゃれた避暑地の洋館風にしたいと思い、「ペンション風にしてください」と注文したのですが、「ペンション？　ロッジのことだしか？」というので少し不安になり、身振り手振りで説明したところ、「へば、山小屋風ってことだしな？」と言ったのですがます心配になってしまったのでした。しかし、設計料をねぎってタダにしてもらった手前、あまり無理な注文もできず、仕方なく成り行きにまかせていた結果、出来上がったのが今の診療所なのです。それはペンションとは似ても似つかぬものでした。

それにしても私は「焼肉レストラン」という呼び名にはどうしても納得がいかなかったのですが、ある日、盛岡の近くの焼肉屋に立ち寄った際、思わずわが目を疑ってしまいました。その建物の外観が当院にうり二つなのです。その時、私の脳裏にある不吉な予感がよぎったのですが、中にはいったとたん、その予感はたちまち確信へと変わりました。焼肉屋の天井のつくりが当院の待合室の吹き抜けとまるでそっくりなのです。しかも天井にはご丁寧に当院と同じプロペラのような扇風機がクルクルと回っているではありませんか。

私は長らく当院の扇風機が何のためにあるのかよくわかりませんでした。ほんのお飾り程度のものかと思っていたのですが、今こそその意味が明らかとなりました。あの扇風機は、焼肉の煙を追い出すためのものだったのです。

新年の初夢に期待したいと思います。

自転車操業

お正月に郷里で開かれた同窓会は、25年ぶりということで、200人近い出席者で大盛況でした。さて、宴もたけなわ、全員で大じゃんけん大会をやる、というのです。優勝者には豪華な賞品が出る、というのですが、200分の1の確率を考えると、優勝は到底不可能というものでしょう。初めから諦めていたのですが、どうしたことか私はあれよあれよという間に勝ち進み、気がついた時には決勝戦のステージに立っていたのです。なんとここまで6連勝です。相手もやる気満々、私の頬も紅潮し、司会者の声も上ずって、ついに決戦の幕は切って落とされたのでありました。私はパーを出したかったのですが、緊張のあまり指が硬直して開かず、グーになってしまいました。相手も指が強張ったのか、2本しか開きません。なんと、私が勝ってしまったではありませんか！　信じられないことに、私は7連勝の離れ業をやってのけたのでありました。

私はいつからこんなにじゃんけんが強くなったのか？　毎日、毎日、暇な院長室で息子たちとじゃんけんをして遊んでいるうちに、こんなにも強くなってしまったのでしょうか。恐ろしいことです。開業医といえば聞こえはいいものの、台所は火の車、自転車操業とはまさに私の医院のことなのです。しかし、そんな私にも、とうとう運がめぐってきたのです。ジーンとこみ上げてくる勝利の余韻に浸る私の目の前に、おもむろに優勝賞品が引き出されてきました。みると、それは1台の青い自転車でありました……。

そのあと、私は満場の罵声と嘲笑の中、自転車にまたがって会場を1周させられました。酔っていたせいでしょうか、それとも興奮していたせいでしょうか、私はうまく自転車に乗れませんでした。ヨタヨタとようやく半周した時、誰かが「よりによって、開業医に当たらなくたってよさそうなものなのにねぇ」と聞こえよがしにささやく声がしました。私は思わず、「開業医にもいろいろあるんだ。僕のところは本当に大変なんだ。毎晩、夜逃げする夢をみてはうなされているんだぞ。この自転車は、きっと神様がそんな僕を憐れんで送り届けてくれた、幸せを運ぶ青い鳥に違いないんだ！」と叫びたい衝動にかられましたが、どうせわかってもらえないだろうと思い、諦めました。そこへ、ひとりの男が近づいてきて、「開業医には自転車なんて必要ないでしょう？　どうです、青年会に寄付してもらえませんか？」と言うので、私はあわてて自転車のハンドルを抱きかかえながら「じょ、冗談じゃない、開業医にとって自転車は必需品なんです。ほら、酔って往診する時なんか、自転車は絶対必要なんですからね！」と、きっぱりとお断りしました。

するとと今度は、中学時代に番長と目されていた男がやってきて、「おまえがこんなにじゃんけんが強いとは知らなかった。ひとつ、お手合わせ願おうじゃないか」というので、酔って気の大きくなった私は「いいとも、いいとも。でも、悪いけど今日は負ける気がしないんだよなぁ」とうそぶきながら、じゃんけんぽんとやったら1回で負けてしまったのです。あまりのあっけなさに相手は唖然とし、私はせっかく獲得した自転車を横取りされるのではないかと真っ青になりました。

春が来て雪がとけると、同窓会の幹事さんが優勝賞品の自転車を送り届けてくれました。「雪道を秋田まで持って帰るのは大変でしょうから、あとで送ってあげましょう」と親切に言ってくれていたのです。私はその青い自転車にまたがって小学生になるふたりの息子たちと一緒にサイクリングを始めました。

「パパ、今日はどのコース？」

「そうだな、今日は『くまさんコース』にしようか」

「ヤッター、『くまさんコース』！」

こどもたちは『くまさんコース』が大好きなのです。それは「仁別《にべつ》国民の森」に向かうサイクリングロードのことで、私が「ここは熊が出るかもしれないぞ」と言ったら、こどもたちが大興奮してそう名付けたのです。

さわやかな春の日差しの中、私たちはあとになり先になりしながら一列に並んで『くまさんコース』を走っていきました。自転車操業はまだまだ続いていましたが、もしかしたらこの自転車は本当に幸せを運ぶ青い鳥なのかもしれない、などと思いながら。

孤軍糞闘記

はっきり申し上げてここ数日というもの、私はおいしい夕食を食べておりません。それというのも、夕食時になると決まってある患者さんから電話がかかってくるからなのです。その患者さんは、先日交通事故で車にはねられてからすっかりボケてしまったおじいちゃんで、果たせるかな、今夜も定刻に電話があり、「苦しくってどうにもならね、先生、なんとかしてけれ」というので、私は愚痴のひとつもこぼしたくなるのをぐっとのみこんで、しぶしぶマスクをはめ、手袋を2枚重ねて準備にとりかかったのでありました。それにしても、どうしていつもこの時間帯なのでしょう。せめてあと1時間早く来てくれれば私が孤軍糞闘しなくて済みますし、もう1時間遅ければゆっくり夕食を食べ終えることができるものを……。まことに糞づまりというのは厄介なものであります。

ある獣医さんから聞いた話ですが、動物にも糞づまりはあるそうで、殊に馬の摘便ともなると後足で蹴られる恐れがあるため、やるほうも命がけなのだそうです。青空のもと、広々とした牧場で、馬の尻にこぶしをまるめてつっこみ、肩まで入れるといいますから、まことに勇壮な光景であります。「馬の耳に念仏」と言いますが、これはまさに「馬の尻にげんこつ」といったところでしょうか。それに比べると、人間の場合はいかにも密室の孤独な作業で陰気この上もなく、後足で蹴られた日にはたまったものではありません。この仕事がなぜ外科の領域にはいらねばならぬのか、清潔と消毒をモットーとする外科医としてはなにか釈然としないものを感じながらも、気がついた時には、いつのまにか私の摘便のテクニックは相当なレベルにまで達してしまっていたのでありました。ここ数カ月の間に、摘便の患者が10人を超えるというのは、もしかすると巷では私は「摘便の名医」ということになっているのではないでしょうか。恐ろしいことです。

ここで、僭越ながら摘便のコツを披露させていただくならば、それは人差し指で細かく砕いて少しずつ取り出すということに尽きます。一度にたくさん取り出そうとすると痛みがひどいからです。いわば「一攫千金」を捨てて「薄利多売」に徹することであります。これはあらゆる商売に通ずる鉄則のようで、この極意を伝授してくれた先輩に言わせると、「患者さんはのどもとの苦しみは過ぎれば忘れるが、尻に受けた痛みは一生忘れない」のだそうです。

さて、今日も「薄利多売」に徹して1時間がかりで摘便したのでありますが、本当に毎晩毎晩、どうしてこんなに出るのかと思われるほどのボリュームで、処置室はおろか診療所全室に芳香が充満し、翌朝まで臭いが抜けない状態になってしまったのです。しかも長時間にわたってほじくっているうちに、さしも2枚重ねの手袋も破けてしまったのか、事後は何度手を洗っても臭いが抜けず、もしかすると飛沫が鼻穴にでもこびりついているのではないか、という恐怖にかられてしまうのでした。

これほどの苦労をして、さて診療報酬は何点かとみてみれば（ここらへんが新米開業医の悲しい性でありましょうか）、なんと雀の涙ほどのつつましさで、手袋をもう1枚重ねれば、とたんに赤字になってしまうほどのわびしさなのです（これを損益分岐点と言います）。しかもこのようにして取り出した黄金の塊をビニール袋につめて医療廃棄物の箱に捨てたとたん、経営者たる私は思わず「しまった！」と叫んでしまいました。なんと、箱の中は5日間のウンチでいっぱいになっているではありませんか！　この医療廃棄物の箱は1個〇千円もするのです。私は思わず中身をかき出そうとして、あまりの惨めさにかろうじて思いとどまったのでありました。

ちなみに、その日の夕食はカレーライスでした。

はっきり申し上げてここ数日というもの、私はおいしい夕食を食べておりません。

（蛇足）

この文章は医局の同門会誌に投稿したものです。その年のテーマは、「国際社会と私」と「私の趣味」のふたつでした。国際社会とはとんと縁のない私ですが、ひょっとして「運」がつけば「ウンコクサイ社会と私」となり、少しは関係があるかと思い筆をとりました。しかし、出来上がってきた同門会誌をみると、私の文章は「国際社会と私」の中にはいくら探しても見当たらず、こともあろうに「私の趣味」の中に分類されていたのです。この粋なはからいをしてくださったのは2期生のK先生です。K先生は留学経験の豊富な方なので、彼の国際人としての矜持が私の臭文をして国際社会に仲間入りさせることを肯んじなかったのでありましょう。致し方ないことだと思います。

雪かきおじさんの詩

毎年この季節になると、早朝、この町内に出没する怪しげなおじさんがいます。そのおじさんはダボダボのアノラックに、軍手・特長靴姿の異様な風体で現れ、頼みもしないのに当院の駐車場だけ雪かきをしてゆくのです。そして時折、何がおかしいのか、にやりと不気味なひとり笑いなどしています。このおじさんは、通学する近所のこどもたちから「雪かきおじさん」と呼ばれ、親しまれたり、蔑まれたりしています。が、このおじさん、実はただ者ではないのです。見る人が見れば、その腰つき、足の運び、雪べらのあしらい方などに並々ならぬものを感じるはずです。なぜなら彼の手法は、その日の雪質や雪の積もり具合などを計算し尽くした、心憎いばかりのやり方だからです。ただし、誰も見ていない時にはこっそり隣の屋敷に雪を投げ込んだりする、油断のならない人物でもあります。

雪かきおじさんにとって雪かきとは単なる雪寄せ作業ではありません。なぜなら雪かきとは、雪をかいた者の美意識がおのずから滲み出てしまうものだからです。いわばひとつの芸術なのであり、駐車場は神聖なアトリエなのです。雪晴れの朝、純白に輝く無垢の雪面にひとり降り立つおじさんの胸中には、駐車場いっぱいにひろがる雄大な作品の構想が沸々と湧き上がっているのかもしれません。

そんなおじさんにとって不倶戴天の敵といえば、それは近所に住む犬どもです。この駐車場には不幸にも電信柱が2本も立っていて、それが彼らの格好のお散歩コースになっているからです。純白の雪面に点々と残された彼らの残滓は、おじさんのキャンバスをいつも台無しにしてしまうのでした。そんな時おじさんが忌々しげに呟く台詞は、「所詮、犬には芸術はわからぬ……」。

昨年の冬はおじさんにとってとても辛《つら》い冬でありました。なぜなら、欲深い院長が患者増を狙って駐車場を拡張してしまったからです。夏の間、患者数はいっこうに増えなかったのに、冬が来て、雪かき面積は倍増しました。もはや芸術どころではありません。おじさんの顔は汗と涙と鼻水でぐしゃぐしゃになってしまうのでした。院長の先見のなさをおじさんはどんなにか恨んだことでしょう。

ある大雪の朝、おじさんの難儀を見かねた患者さんが雪べらを持って手伝いに来たことがありました。こんな時、おじさんは昔気質の職人にありがちな偏屈さで、あまり機嫌がよくありません。他人に同情されるのがいやなのでしょうか、それとも、自分の神聖な領域を侵されたような気になるのでしょうか。けれども、患者さんは高血圧で通院している人でしたので、おじさんも少し心配、「いい加減なところでやめておいてくださいよ、お体に障りますから」と言おうとしたのですが、あいにく寒さで唇が強張っていた上、鼻水も垂れていたので、遠くから簡潔に伝えようとした結果、「いい加減にしてくださいよ！」と怒鳴りつけてしまったのです。思いもよらぬ仕打ちに患者さんは憤慨して帰ってしまったのでした。このような行き違いは無口な雪国ではありがちなこととはいえ、この時のおじさんの心境は察するに余りあるものがありました。何を隠そう、雪かきおじさんは実は院長その人なのです。

最近、ある業者が駐車場にヒーターを埋めてはどうか、と持ちかけてきました。「雪かきしなくて済みますよ」と言います。一瞬グラッときた院長でしたが、値段を見てビックリ仰天。が、そこは院長、内心の動揺はおくびにも出さず、「あんたは私の楽しみを奪うつもりか？」と一蹴したのでした。何も知らぬ世間の人々は、「さすがは院長！」と拍手喝采。「だって、院長の雪かきが見られなくなったら寂しいもの」と、今や院長の雄姿は町内になくてはならぬ冬の風物詩なのでしょうか。

それにしても今年の冬は拍子抜け、1月も半ばというのに、ちっとも雪が降りません。「雪が降らなきゃ冬じゃない。冬がなければ春もない。春がなければ……、春がなければどうしよう。雪国の、春待つ心をどうしよう」と、心配したとたんにドカドカッと大雪。苦笑いしながらおじさんは、ひとり黙々と雪かきを始めるのでありました。人知れず、ふかーいため息をつきながら。

はまべの唄

その日は朝から猛暑でありました。私は家族を連れて海水浴に出かけたのでありました。道路はうんざりするほどの渋滞で、海岸に着いた時にはすでに日は高く、海水浴場は大勢の人でごった返しておりました。私は妻を海の家に残し、３人のこどもたちを連れて、砂浜へとおりていったのでありました。

よちよち歩きの娘は、少しでも目を離そうものなら、寄せては返す波につられて海の中へはいっていこうとするので、私はたるんだおなかを気にしながらも、娘が波をかぶらぬよう、絶えず気を配らねばならないのでありました。ふとまわりを見渡すと、私と同じような子連れの父親が何人かいて、なぜか、みな一様に暗く重い影をひきずっているのです。日本のお父さんたちはみな、疲れ切っているかのようでありました。

それにひきかえ、砂浜では若い娘さんたちが明るい嬌声をあげてはしゃぎまわっていいました。彼女たちはまったく屈託がなく、思い思いのカラフルな水着に日差しをいっぱいに浴びながら、しなやかに飛び跳ねておりました。夏はまさに彼女たちのものだったのです。

かつては私にもあんな青春の日々がありました。それはもう、かれこれ20年以上も昔のことになるのでしょうか。貧乏学生だった私はオンボロ自転車を漕ぎ漕ぎ、はるばるこの砂浜へ海水浴に来たのでありました。日差しは強く、砂は焼けるように熱く、海はギラギラと輝いていました。波は私を沖へいざない、私はどこまでもどこまでも泳いでいけそうな気がしていたのでありました。

いつからでしょう？　すべてがこんなにも他人行儀になってしまったのは。太陽も海もあの日のままなのに、風はささやかず、波も私に語りかけようとはしないのです。私は陽気にはしゃぎまわる娘さんたちの姿を眺めながら、しばし帰らざる青春の日々の追憶に浸っていたのでありました。

あした浜辺を　さまよえば
むかしのことぞ　しのばるる
風の音よ　雲のさまよ

寄する波も　貝の色も

（「浜辺の歌」林古渓 作詞、成田為三 作曲）

風向きが変わったのはその時です。それまで海から浜へ向かって勢いよく吹きつけていた風が、逆に浜から沖のほうへゆったりと流れ出し、その結果、浜辺の小さなささやき声が私の耳元へはっきりと届いたのです。

「ねえねえ、あのおっさん、変なのよ。ほら、水辺でこどもをあやしてるオジン。さっきから私のほうをジロジロ見てるんだから」

「えーっ、うそー。いやらしー」

「ほんと、いやぁねぇー」

私は思わずあたりを見渡しました。が、こども連れのオジンの姿はどこにも見当たりません。そこにはただ茫洋たる海がひろがるばかりです。はて……。

次の瞬間、すべてを悟った私は、無言のまま娘をつまみあげると、ほうほうの態でその場を退散したのでありました。

はやちたちまち　波を吹き
赤裳のすそぞ　ぬれひじし
病みし我は……

（「浜辺の歌」より）

怪我人

おかしな夢をみました。

友人のＫが閉院時間間際に飛び込んできて、「怪我人が出た。診てくれないか？」と言うのです。その怪我人は口から泡を吹いており、一目で重傷としれました。直ちに手術室に運び（当院に手術室なんてあったっけ？）、緊急手術を開始しました。しかしなにぶん時間外のことなので、看護婦さんは誰もついてはくれません。みんな洗い物や後片付けで忙しいのです。私はやむなくひとりで手術を開始したのでありました。

開腹するとやはり腹膜炎でした。私は、「おーい、生食（生理的食塩水のこと）を持ってきてくれ」と叫びましたが、返事がありません。再度大声で叫ぶと主任（見たことのない人でした）が険悪な顔ではいってきて、「生食はありません」と言います。私は若い新入りの看護婦さんに向かって、「君なら生食の作り方を知っているよね。塩酸と水酸化ナトリウムを混ぜてすぐに作ってくれ（無茶苦茶です）」と言うと、彼女は主任の目を気にしながら困ったように「私、作れません」と言うのです。私は頭にきて「患者が干からびているんだぞ、水道水をかけろというのか？　すぐに作って持ってこい！」とふだんに似ず毅然とした態度で命じたのでした（一度でいいからこんな啖呵を切ってみたいものです）。やがて主任がビーカーに生食を入れて持ってきて、テーブルの上にこれみよがしにドンと置いていきました。私はそれを患者のおなかの中になみなみと注いで、一命をとりとめたのでありました。

帰り際、Kが「時間外で迷惑をかけた。スタッフに気の毒なことをしたな」と言いました。私は「いやいや、気にしなくていいよ。いつもは、ああじゃないんだけどなあ」と答えました。しかしこれはきちんと始末をつけねばなりません。私はみんなを集めて、「今日はみなさんに遅くまで難儀をかけました。しかし、患者の命は大切です」と言うと、主任が憮然として「あれが患者ですか？　うちは動物病院ではありません」と言うのです。私はハタとたじろぎました。そう言われてみれば、なんだか、人間ではなかったような気もする……。

私は急に自信がなくなり、どぎまぎして、「た、たとえペットだとしてもですよ、命は大切なはずです。げんに、Kはあんなに心配してたじゃないですか」と言うと、「カニもペットですか？」と言うではありませんか！「カ、カニ？」なんと、あれは人間ではなく、カニであったのか、私はカニの手術をしていたのだ、と思ったところで目が覚めたのです。

この夢はいったいどういう意味なのでしょう。何か哲学的な啓示なのか、それとも不吉な運命の予告なのか？　なにしろ「カニ」は西欧の医学用語では「癌」を意味する言葉なのです。私は不安な気持ちを抑えきれず、妻に夢の一部始終を話しました。すると妻は笑いながらこう言ったのです。

「もしかしたら『怪我人』だと思っていたのはあなただけで、本当は最初から『毛ガニ』だったんじゃないの？」

（蛇足）

この文章は県の医師会報に投稿したものです。私はこの会報に毎年投稿していたのですが、その時に限ってどうしても納得のいく文章が書けませんでした。書けないままに締め切りが近づきました。いよいよ締め切りが明日に迫り、「仕方がない、今回は見送ろう」と諦めた夜、この夢をみたのです。私はすぐに夢の話を原稿用紙に書きとりました。驚いたことに、枚数がぴったり規定の3枚でした。そのまま出すだけでよかったのです。もしかしたら私が眠りについてから、もうひとりの「私」が目を覚まし、この文章を書いたのかもしれません。ひょっとするとその人物は私の前世の姿で、しかも作家だったのではないでしょうか。そういえば題名の「怪我人」という字も「怪しい我の人」と書きます。私の中の怪しい自我？　そう考えた時、私は背筋にゾクッと冷たいものが走るのを覚えました。

深夜、私が眠っている間にひそかに起きだして、ひとりせっせと執筆しているもうひとりの「私」、その彼が私の穴を埋めてくれたのです。きっと彼の作家としての信念が私の安易な妥協を許せなかったのでしょう。しかし、ひとつ残念なことは文章の出来があまりよくないことです。妻の協力がなければ「落ち」がつかなかったのです。やっぱり私の前世はあまり売れない作家だったに違いありません。

点滴依存症

私はどうも不定愁訴の患者さんが苦手です。毎度毎度、頭のてっぺんから足の爪先まで残りくまなく症状を訴えて、やっと終わったかと思えばまた頭のてっぺんに戻っているのですから、まるでエンドレステープです。そんな人に限って、どこからみても病人のようにはみえないのですからまったくいやになります。軽はずみに「どこも悪くないですよ」などと言おうものなら、とたんに目がつり上がり、愁訴の弾丸が雨・あられと飛んでくるのです。そんな時には遺憾ながら点滴に頼らざるを得ません。点滴1本、万病回復、悪霊退散、国家安泰です。ただし、いったん癖になるとやめるのが難しい。これなどは医者が作った「点滴依存症」ということになるのでしょうか。もちろん医療の本来あるべき姿ではありません。

ある時、私は日本の保険医療制度を守るため、点滴依存症を一掃すべく、断固たる態度で臨む決意をしました。さて、Mばあさんは一筋縄ではいかぬ点滴マニアです。なにしろ点滴1本で病院から病院へと20年以上も渡り歩いてきた、この道の大ベテランなのです。決して自分の口から「点滴」と言い出さないところが曲者です。その日もよろめくように診察室にはいってくるや、「腹具合が悪くてどうにもならね。なにか、スキッと良くなるもの、ねもだべげ？（ないものでしょうかねえ？）」と流し目を使いました。私は、今日こそはその手は食わぬぞとばかり、わざと難しい顔をして、どうしてそんなに具合が悪いのかと尋ねました。「あんまり神経科の薬、いっぱい飲んでるからでねべか？」と言います。それをやめてはどうか、と言うと、「やめれば頭おかしくなってしまう。いつだったかあれは確か太平洋戦争の……」とお得意の昔話が始まったので、あわてて「わかりました、わかりました、それでは胃薬を出しましょう」と言ったところ、Mばあさんの小さな瞳が老眼鏡の奥できらりと光りました。「また薬が増えればよ、薬だけで腹いっぱいになってしまう。そんなに薬のんで、果たして体にいいもんだべげ？（いいものでしょうかねえ？）」と痛いところをついてきたのです。私は仕方なく「それじゃ、少し様子をみましょうか」と言うと、「このままだと、腹具合悪くてどうにもならね。なにか、スキッと良くなるもの……」とまた元に戻ってしまうのでした。

いったんこの悪循環にはまりこむと容易なことでは抜け出せません。鼻面を引きずり回されて迷路の中をグルグルと堂々巡りさせられた挙句、しまいにはこちらがのたれ死んでしまうのです。

しかもさすが百戦錬磨のMばあさん、「あいでで……」とうめきながら自分で勝手に診察台に長々と寝そべったかと思うと、恨めしげに私を見上げて、「あえー、こうやって死んでいくんだべなぁ」とぶっそうなことを言い出したのです。これには私も大あわて、こんなところで死なれてなるものかと、「おばあさん、おばあさん、しっかりして。ほら、隣で、ほら、点滴でもしましょうか？」と思わず口走ってしまったのです。そのとたん、今まで気息奄々《きそくえんえん》の態だったMばあさん、とたんにニンマリと笑い、「あえー、んだげ？（あら、そうですか？）　先生さまがそう言うんだばしかだねな（先生がそうおっしゃるのならば仕方ないですね）。へば、そうさせてもらうげ（それなら、そうさせてもらいましょうか）」と言うやスックと起き上がり、唖然と見送る私を尻目にスタスタと点滴室へ歩いていったではありませんか！

私の点滴依存症は当分治りそうにありません。

ダイイングメッセージ

ダイイングメッセージとは被害者が死の間際に残した伝言のことで、犯人逮捕の有力な手がかりとなるものです。推理小説によく登場する言葉ですが、現実にはそうそうお目にかかれるものではありません。

ある日曜日の夕方のことです。私は近くのゴルフ練習場で打ちっ放しをしていました。隣には大先輩で警察医のY先生がいらっしゃいました。と、突然、Y先生に電話がはいったのです。警察から検死の依頼でした。「こんな休日にご苦労様です。警察医のお仕事は本当に大変ですね」と私は心から申し上げたのでした。

ところが、それから30分もしないうちに、今度は私がY先生に呼び出されたのです。「先生、○○さんという方を知ってますか？　80歳近いおばあさんで、おたくの患者さんのようだけど、ご存じないですか？」私は思い出せませんでした。「自宅の居間にうつぶせになって倒れているところを見つかったんですけどね、右手にギッチリと握り締めたものがあるので取り出してみると、なんと、おたくの医院の薬袋が出てきたんですよ。先生、何か心当たりはないですか？」

私はギョッとしました。私の脳裏に、うつぶせに倒れたまま死んでいる老婆の姿がありありと浮かび上がりました。しかもその手には当院の薬袋がギッチリと握り締められているというのです。これはまるでダイイングメッセージではありませんか！「私はこれを飲んだら死にました」と言っているようなものです。名探偵の推理を待つまでもなく、犯人は誰の目にも明らかです。Ｙ先生は「先生、あんたいったい何飲ませたの？」とは言いませんでしたが、電話の後ろには刑事が聞き耳を立てている気配もあり、私が第一容疑者になっていることは疑う余地もありません。

もはや練習どころではなく、ゴルフ用具もそのままに、大あわてでカルテを調べに家へ飛んで帰りました。道すがら、私の胸は不安ではち切れそうでした。いったい私が何をしたというのでしょう。私は開業以来、他人に後ろ指をさされないよう懸命に生きてきたつもりです。たとえ人の役には立てなくとも、せめて人様の迷惑にだけはならないようにと願って生きてきたのです。薬は効かなくともよい、毒にだけはなってくれるなと念じつつ、迷医に甘んじてきたのです。それなのに、私のところにそんなに強い薬があったとは！

信じられない思いで医院へ行き、急いでカルテを探しました。カルテはすぐに見つかりました。祈るような気持ちで開いてみると、半年ほど前に一度、胃腸炎で消化薬を出したきりでした。正直言ってほっとしました。この薬で死ぬくらいなら、豆腐の角に頭をぶつけただけでも助からないでしょう。

すぐさまY先生に報告すると、「そうですか、消化薬ですか、それなら問題ないでしょう。それにしてもどうして先生の薬袋を握り締めていたのかねえ。最後の一服にすがろうとしたのか、それとも先生のところへ助けを呼ぼうとしたのか、いずれにしても、きっと先生を頼りにしていたんでしょうなあ」と私を慰めてくださいました。

考えてみれば、開業医というのも因果な商売で、私は人様の生死のはざまに店を構えて生計をたてています。患者さんには毎日「大丈夫、命のあるうちは死にません」などと軽口をたたいていますが、いつかは必ずその時がやってくるのです。薬をきちんと飲んでいれば大丈夫、などという保証はどこにもないのです。それにもかかわらず、私がふだん何気なく出している薬を、命綱のように思っている患者さんがいるとしたら……突然、目に見えないたくさんの手が私の袖や足にしがみつき、まとわりついてくるような錯覚に襲われました。

「ちょ、ちょっと待ってください、そんなに頼りにされても困るんです。私は平日はしがない町医者だし、休日はただのヘッポコゴルファーにすぎないんですからね！」

私はいつもの開き直りで幻影を振り払うと、急いで練習場へと引き返していったのでありました。

消火器

火事は当事者にとってはまことに深刻な災難でありますが、火事にまつわることわざには、なぜかユーモラスなものが多い気がします。まず真っ先に思い浮かぶのが、「火事とけんかは江戸の華」、これはまるでお祭り騒ぎです。次いで「地震、雷、火事、おやじ」、これは「火事、おやじ」と韻をふんでいるところがミソで、災害を笑い飛ばしています。さらに「火事場の馬鹿力」、これは女性のための言葉に違いありません。そしてもうひとつは「対岸の火事」、「まあ、ここはひとつ、ゆっくり見物させてもらいましょう」といったところでしょうか。しかし、狭い道路一本隔てた「対側の火事」ともなれば、そうのんびり構えてはいられません。

それは、ある冬の日のことでした。私は昼食を終えて、今しもコーヒーに砂糖を入れようとしていたところでした。「ちょっと、大変よ、火事じゃない?」という妻の言葉に、あわてて外に飛び出してみると、モウモウたる白煙がお向かいさんから流れてくるのが見えたのです。ゴミでも焼いているんじゃないかと思い半信半疑で近づいてみると、はたして、白煙はお向かいの家の居間から発していて、よくみるとその中にチロリ、チロリと真っ赤な炎が見えるではありませんか！

「わっ、火事だ、本物の火事だ！」、仰天した私は、我が家に駆け戻るなり、「火事だ、本物の火事だ、消防車を呼べ！」と叫んだのでした。こどもたちは、はじかれたように飛び出していきました。火元は風上、医院に火が移ったら大変です。なにしろまだ、借金が半分以上も残っているのです。私はなんだか急にのどの渇きを覚えて、ふとみるとテーブルの上に先ほどの飲みかけのコーヒーがあったので、箸で角砂糖をグルグルかきまぜて一気に飲み干しました。コーヒーに鎮静効果があるというのは本当のようです。少し冷静になった私は、「そうだ、患者さんだ」と医院に駆け込み、「火事です、本物の火事です、危険ですからすぐに避難してください！」と告げました。

あとから駆け込んできた妻が、「消火器、消火器よ！」と叫ぶので、ハッと気づき、医院の非常用の消火器を１本ひっつかむや、火事場に向かって駆け出しました。妻も消火器を１本持って後ろに続きます。妻が息を切らせながら、「これ、どうやって使うの？」と聞くのですが、そんなこと俺だって知るわけがない、ましてや女のおまえなんかに使えるものか、と思い無視しました。

現場に着くと、火は折からの強風に煽られて、先ほどより随分と勢いを増しています。怖くてあまり近づけません。塀の外から、どうしようか、中にはいるのは怖いし、ここからでは消火器は届かないだろうし、だいいち、これはいったいどうやって使うものなのか。私は『消化器』の医者ではありますが、『消火器』を使ったことは一度もないのです。と、突然、後ろでシュッバーッという音がして、私の肩越しに白煙が弧を描きました。びっくりして振り返ると、それは妻の消火器でした。私は自分の消火器を放り出すと妻のそれをひったくり、塀によじ登るや火元めがけて吹き掛けました。が、悲しいかな、距離がありすぎて、小さな消火器はむなしく雪面を汚すばかり、しかも、一分もしないうちになくなってしまったのです。

するとその時、再び私の後ろでシュッバーッという音がして、白煙が今度は私の頭越しに飛んでいきました。見ると、妻がものすごい形相で消火器をふりかざしています。しかもそれは、先刻私が使えずに捨てた消火器ではありませんか。私は思わずムッとして、「やめろ、無駄だ！」と叫びました。しかし、妻は私には目もくれず、夜叉のごとき形相でさかんに消火器を振り回していています。そのしぶきがさっきから私の頭に降りそそいでいるのです。私はなんだか無性に腹が立ってきて、「無駄だと言うのがわからないのか！」と叫ぶや、いきなり消火器をひったくり、雪の上にたたきつけました。すると、「何をするの、やらないよりはましでしょ！」と妻が言い返してきたのです。思わぬ反撃に私はたじろぎ、言葉を失いました。

ふと気づくと、私たち夫婦のまわりには、いつのまに集まって来たのか10人近い人垣ができていて、この様子をじっと注視しているではありませんか。火事と夫婦げんかと野次馬と。なんだか救われない光景になってしまいました。雪の上には勢いをなくした消火器が、シュルシュルとむなしく煙を吐いていました……。

その時、けたたましいサイレンとともに消防車が到着したのです。はっと我に返った私は、消火器の残骸を拾い上げると一目散に家へ駆け戻りました。途中、あやうく放水車のホースにつまずきそうになりました。行ったり来たり、私はいったい何をやっているのか……。その間にも消防車は2台、3台と到着し、あたりはたちまち黒山の人だかりとなりました。お隣のご主人も、真っ青な顔で右往左往しています。奥さんは腕組みをして悠然と眺めています。「大丈夫でしょうか？」と声をかけると、「大丈夫でしょ」と平然と答えました。

火は一時、さかんに真っ黒な煙をあげていましたが、消火が始まると次第に下火になっていきました。さいわい類焼はなく、怪我人もいなかったようです。「第一通報者は誰ですか?」と消防士が尋ねました。みんなが、誰でもない、かれでもない、と騒いでいると、「はい、私です!」と毅然と進み出た者がいます。それは私の妻でした。いつのまに通報したのでしょう。私がコーヒーを飲んでいる間でしょうか? 消防士の質問にテキパキと答える妻の姿に後光がさして見えました。明日の朝刊を飾るかもしれません。

なんとなくむなしい思いを抱きながら医院に戻ると、意外にも患者さんたちはみな待合室に残って火事の一部始終を見つめていた様子でした。窓からは現場が丸見えで、絶好の観覧席だったのです。上品な中年の女性の患者さんがにこにこ笑いながら近づいてきて言いました。「先生、大活躍でしたわね、消火器持って!」

私は思わず赤面しました。

しあわせうさぎ

「ぼく、しあわせうさぎ。幸せ探して30年。でも、幸せはまだ見つからない。あっ、あのゴミ箱の中に頭をつっこんだら幸せになれるかも！」と目を輝かせながら一目散にゴミ箱に突進、全身ゴミに埋もれながら、「しあわせ……」と恍惚の涙を滂沱と流すうさぎ。

これは昔、「クマのプー太郎」というテレビ番組に出ていたキャラクターです。先日、仕事に出かけようとして居間を通りかかった時、テレビでこのうさぎに久々に再会したのです。相変わらず幸せはまだ見つからない様子で、恐竜の背中を滑り台にして遊んでは恐竜に食べられそうになったり、おでんの屋台を盗んで引いて歩いては、おでん屋のおやじに追い回されていました。

「まったくバカなうさぎがいたものだ。幸せ探して30年とは笑わせやがる。ゴミ箱とか恐竜の背中とかおでんの屋台とか、そんなところをいくら探したって見つかるはずがないじゃないか。幸せというものは……」と言いかけて、私はハタとつまってしまったのです。幸せのありかを私は知っているのだろうか？

私は居間に立ち止まったまま、しばしわが身を振り返り、慄然とせざるを得ませんでした。大腸ファイバーで汗だくになりながらポリープを見つけて喜んでいることは、ゴミ箱の中に頭をつっこんで餌をあさっていることと、いったいどれだけの違いがあるというのだろう。銀行の借金の返済に追われながら、今日は何人来た、あしたは何人来るかしら、と一喜一憂しているありさまは、屋台のおやじに追いかけられながら、おでんを売り歩いているのと大差ないのではあるまいか。そもそも巨額の借金をして開業すること自体、恐竜の背中を滑り降りるのと同じぐらい、危険極まりないことなのではなかろうか。これでは私はあの間抜けなしあわせうさぎと何ら変わるところがないではありませんか。

そういえば昔、「幸せは歩いてこない　だから歩いてゆくんだね　一日一歩　三日で三歩　三歩進んで二歩さがる」という歌がありました。5日で1歩しか進まない計算になります。そんな悠長なことで、本当に幸せが見つけられるのでしょうか？　そもそも、幸せを見つけるためには、いったいどこを探せばいいのでしょう？

カール・ブッセによれば、山のあなたの空遠く、幸せを求めて旅した人は、涙さしぐみ帰り来て、山のあなたのなお遠く、幸せが住むことを知らされたのだそうです。

チルチルとミチルも幸せの青い鳥を探して旅に出ましたが、やっとの思いで捕まえた青い鳥は、かごの中に入れたとたん、みな真っ黒になって死んでしまうのでした。そして苦難の冒険の果てにむなしく家へ帰ってみると、探し求めていたはずの青い鳥が、わが家の鳥かごの中にいることに気づくのです。

それでは幸せは遠くにあるものではなく、すぐ身近にあるのに我々はただそれに気づかないだけなのでしょうか？　それとも探し求めている間は見つからず、諦めた時初めて見つかるものなのでしょうか？

世間の人はこう言います。

「野望を捨てよ。つつましい生活の中にこそ本当の幸せがあるのだよ。金持ちには金持ちの暗い不幸があるのです。諦めなさい」

諦観、そう、そこだけが幸せの棲家なのかもしれません。私はひとり寂しく首肯して、そっと居間を抜け出し、とぼとぼと仕事場へ向かうのでありました。今日もまた、日がな一日、「診療所」という名のくたびれかけた屋台を引くために。

町医者をなめるな！

町医者をなめてはいけません。町医者には雑菌がいっぱいついているからです。この世にこれほど不潔な存在があるでしょうか？　およそ考えられるありとあらゆるバイ菌やウイルスの巣窟なのです。もしかしたら、コロナ、エボラ、エイズ、水虫といったすこぶる忌まわしい病原体が住み着いているかもしれないのです。私の場合、このうちの少なくともひとつは確実です。まったく、町医者をなめる人の気がしれません。

やくざにはやくざのプライドがあるように、町医者にも町医者のほこりがあります。けれども町医者のほこりは、たたけば出てくるほこりで、しかもその中にはノロウイルスが混じっていたりするので厄介なのです。ノロウイルスはノロノロしているかと思ったら大間違いで、朝吸い込んだら夕方にはトイレに駆け込まなければならないほどすばやい感染力なのです。私は不幸にもこのノロウイルスとよほど相性が良いらしく、毎年1回は必ずやられているのです。一度などはトイレの中で動けなくなり、真冬の深夜、雪の中を這って医院まで行き、注射したことさえありました。それ以来、私はトイレの中に注射のセットを用意して非常事態に備えているのです。

ノロウイルスに一度でもかかったことのある人ならおわかりだと思いますが、その症状の激しさたるや、とてもインフルエンザなどの比ではありません。嘔吐と下痢と腹痛が同時に襲ってくるのです。まさに七転八倒の苦しみです。便座に腰掛けていても、じっとしてなどいられません。お尻の向きをひっきりなしに入れ換えて、下痢と嘔吐の両方に対処しなくてはならないのです。それが同時に襲ってきた時の苦しみたるや……。私は口のほうにも便器があったらいいのに、と何度思ったかしれません。

ある時、娘が、「家の中にノロウイルスを持ち込まないでよ!」とノロにやられて弱りきった私に向かい、鞭打つような言葉を投げつけたのでした。その時、娘は受験の真っ最中だったので、その気持ちもわからないわけではないのですが、私にしたって好きでノロにかかったわけではないのです。いわば名誉の負傷なのです。私は患者さんから治療費と一緒にノロも受け取っているのです。ノロはいらないからお金だけ置いていけ、というわけにはいかないのです。そしてその代償として、私は深夜人知れずトイレでのたうち回ることになるのです。

私は町医者の大事な使命のひとつは、感染症の波をくい止めることだと思っています。いわば感染症の防波堤なのです。ちなみに癌の世界にもセンチネルリンパ節という癌細胞の転移を食い止める特殊な防波堤があります。センチネルとは歩哨《ほしょう》という「門の外に立つ見張り番」のことですが、真っ先に敵にやられる役まわりでもあります。味方は歩哨がやられるのをみて敵の襲来を知るのであり、歩哨に命の「保証」はないのです。もしかしたら町医者は堅固な防波堤などではなく、門の外に立つ孤独な歩哨なのかもしれません。

このように町医者はいつも体を張って仕事をしています。ノロにやられてのたうちまわった翌朝も、何事もなかったような涼しい顔をして、「最近、ノロが流行っていますからね、気をつけてくださいよ。くれぐれもノロには近寄らないように」などと他人事《ひとごと》のような口調で診察しているのです。私は先ほど、町医者は感染症の防波堤だと言いましたが、もしかしたら本当は感染症の発生源なのかもしれません。

ところがこんな町医者の苦労も知らずに、近頃の若い研修医の中には「最後は町医者にでもなればいいさ」などと生意気なことを言う者がいるそうです。あるいはまた「町医者なんて医者の落ちこぼれさ。あんなものになるやつの気がしれないよ」などと広言する輩もいるというのです。私は断言してもいいのですが、そういう医者に限って真っ先に町医者になるものです。私がいい例です。

「町医者を笑う者は町医者になる」

どうか研修医のみなさんはこの言葉を忘れずに、高い理想を持って清潔な医者をめざしていただきたいと思います。

第2章　迷医の青春記

青春時代、或いは、若い頃、どんな雰囲気《ふんいき》の生活をして来たか、
それに依って人間の生涯が、規定せられてしまう……（後略）。

「『井伏鱒二選集』後記」（『もの思う葦』に収録）太宰　治

おきざりにされた哀しみ

私のすこぶる不振を極めた青春時代を振り返る時、このささやかな思い出はまさに象徴的な出来事として私の眼前に立ち現れます。そして私自身に向かって次のような根源的な問いを発するのです。「不遇な青春は貧しさゆえなのか、それともおのれ自身に起因する必然の帰結なのか？」と。私は多少の自戒を込めてこの出来事を振り返っておきたいと思います。なにがしかの教訓が得られるのではないでしょうか。

あれは確か大学3年生の頃のことです。授業が終わった教室で誰かの「おい、秋田、合ハイやれよ」「そうだ、そうだ、企画しろ！」の声に、すぐ乗せられてしまう軽薄な私なのでありました。さっそく友人のH君とふたりで某女子大へ交渉に行き、「仁別国民の森」へバスで合同ハイキングの計画をたてたのです。

ところが当日、集合場所へ行ってみると、そこには十数人の女子大生がいるだけで、男たちの姿がありません。何かの手違いかと不安な気持ちで待ち受けていると、車が7台連なって颯爽と到着したのです。その頃マイカーを持っているのはほんの一握りの学生だけで、私やH君のような下宿住まいの貧乏学生とは異なるグループの人たちでした。「バスなんてダサイのはやめにして、マイカーで行こうぜ」と幹事の知らぬ間に話が決まっていたらしいのです。初めからなんとなくいやな予感を覚えながらも、私たちは7台の車に分乗し出発したのでした。

その日の仁別はお天気も良く、みんなは原っぱでバドミントンをやったり、散策路を歩いたり、思い思いに過ごしたのですが、なにせみんな初対面なので、なんとなくぎこちなさが抜けません。もうひとつ盛り上がりに欠けたまま、帰りの時刻になってしまいました。個人的にも収穫はゼロでしたが、幹事としても少なからず責任を感じざるを得ません。ちょっと企画不足だったかなと反省しつつバドミントンセットを回収していると、羽根が1個足りないことに気づいたのです。下宿の娘さんから借りてきたものなのです。私とH君はあわててあちらこちらと這いずり回るように探し歩きました。10分近くも探したでしょうか、ようやく見つけてふたり、ホッとしてあたりを見回すと、なんということでしょう、車が1台も見当たらないではありませんか！　車だけではありません。見渡す限り、人っ子ひとりいないのです。広い公園に残っていたのは、私とH君のふたりだけだったのです。幹事だけを残し、みんな三々五々、それぞれの車に分乗してさっさと帰ってしまったのでした。これではまるで、アポロ宇宙船が月にふたりの乗組員を残し、かわりに月の石を積んで帰ってしまったようなものではありませんか。いくら月の石が目的とはいえ、そんなアポロ計画があるでしょうか？　いくら恋人探しが目的とはいえ、こんな合ハイがあっていいものでしょうか？　これが「おきざりにされた哀しみ」というものなのでしょうか？

「もしも熊が出てきたらどうしてくれるんだ！」

「エイリアンに連れ去られたってしらないからな！」

私たちはまるでスコップを持ったまま月面に取り残された宇宙飛行士のように、バドミントンセットをかかえながら呆然として仁別国民の森に立ち尽くしたのでありました。

その時、1台の自動車が引き返してきたのです。「乗っていかない？」それは優しいT君の車でした。地獄に仏とはこのことか、月面にUFOとはこのことか。T君はなんていい奴なんだろう。ふたりの宇宙飛行士は喜び勇んで車に乗り込みました。後部シートには女子がひとり乗っていました。車がつづら折りのカーブを曲がるたび、私たちは右に揺られ左に揺られ、いつのまにか宇宙遊泳のようにオシクラ饅頭を始めていました。これぞ合ハイの醍醐味、私たちはすっかりうれしくなって、何もいいことがなかった今日一日のむなしさが、乾いた砂に水が浸み込むようにヒタヒタと満たされていく心地がしたのでありました。「あんまり揺らさないでくれない？」というT君の言葉も耳にはいりません。

ふと気がつくと、助手席にはとても可愛い女子がいるではありませんか。「あ、いいな、いいな、T君はいいな。独り占めはずるいぞ！」とばかり、私たちは思わず身を乗り出して速射砲のように質問攻撃を開始しました。「ねえねえ、君の名前は？」「出身地どこ？」「趣味は？」「たこやき好き？」「電話番号は？」「今度一緒に映画行かない？」その時、車が急停車しました。運転席のT君が振り返り、エイリアンのような声でこう言ったのです。

「キミタチ、ココデ、オリテクレナイカ？」

「へ？」

教訓「貧しさに罪はない。責めらるるべきはその卑しさである」

天上はるかに

あれは私が秋田大学3年生で、剣道部員として東医体（東日本医科系大学体育大会）へ行った時のことです。打ち上げパーティでばったりとA高校同級のN君に出会ったのです。彼はG大学のラグビー部で、シーズンオフの夏は応援団を結成、自ら副団長をつとめ、東医体の応援にきていたのでした。今日はこれからJ大学の応援団と料亭で交歓会をやるのだといいます。ちょうどお酒もなくなった時だったので、酔った勢いで「俺も連れて行ってくれ！」と懇願すると、N君は大層迷惑そうでしたが、しぶしぶ承知してくれました。持つべきものは友です。

宴会場にはいると、上座にはJ大の応援団が20人ほどずらりと居並び、下座にはG大のラグビー部員が30人あまり正座していました。全員学生服姿です。さすがに場違いな気がしましたがもはや手遅れ、N君が「俺は司会で忙しいから、隅でおとなしくしていてくれよ」というので、私は一番奥の席に小さく畏まっていることにしました。

やがて宴会が始まると隣の席の部員が話しかけてきました。「失礼ですが、J大の方でしょうか?」「いや、あの… こ、高知です、ハイ」母校に迷惑はかけられません。なるべく遠くの大学にしようと思い、とっさ（土佐）に高知の地名が出たのです。「えっ、高知ですって? 高知の方がなんでまた東医体に?」「じ、実は、えーと、私は高知大学の応援団なのですが、N君とは親友で……」「ああ、副団長のお知り合いですか」N君の名前を出したとたん、相手もすっかり打ち解けて、互いに杯を酌み交わしながら、口からでまかせの情報交換でおおいに盛り上がったのでありました。

ところがそこへG大の団長がやってきたのです。「君は見かけない顔だが、どこの学生か?」。隣の部員が「この人は高知大の応援団で、副団長の友人です。今日は交歓会の見学にきたのだそうです」と説明してくれました。「おお、そうか、なかなかいい心掛けだ。よし、それなら、J大の応援団長を紹介してやろう」私はあわてて辞退しましたが、「遠慮するな。それとも何か? まさか、タダ酒を飲みにきたわけじゃないだろうな?」と言われ、仕方なくしぶしぶついていきました。途中、団長から「J大の応援団は由緒ある応援団だから礼儀作法にはすこぶる厳しい。くれぐれも粗相のないように」と念を押され、ますます心細い気持ちになったのでした。

Ｊ大の応援団長はＧ大の団長が一目置くだけあって、新撰組の近藤勇もかくや、というすごい貫禄でした。隣には目つきの鋭い副団長の土方歳三もいます。「ほう、高知といえば坂本竜馬だな」と言いました。勧められるままに杯を飲み干したとたん、「それでは高知大学の校歌を聞かせてもらおうか」ときたのです。「おお、それはいいですね。うちの副団長にエールを切らせましょう」とＧ大団長もすっかり乗り気でＮ君を呼び寄せました。Ｎ君が真っ青な顔でやってきて「おい、いったいどうなってるんだ？」と聞きます。私が小声で「高知大の校歌を歌うはめになってしまったんだ」と答えると、さすがのＮ君もあまりの事の成り行きに呆れて声もでない様子です。今さら嘘だとも言えず私は進退窮まりました。

このピンチをどうやって切り抜けたらよいのか、私が歌える校歌といえば、母校であるＡ高校の校歌「天上はるかに」だけなのです。「やっぱりこれしかないな……」。この歌は格調が高く、大学の校歌としても十分通用するはずです。私は急いで母校の校歌の歌詞を思い浮かべました。

天上はるかに　太平山の　　　　姿はけだけし　三千余尺
長江流れて　六十幾里　　　　海にと馳せ行く　雄物川波

さて、問題は歌詞の中に出てくる地名ですが、幸い、高知には有名な石鎚山もあれば、四万十川もあるではありませんか。
「諸君、静粛に。これから高知大学応援団の同志が、校歌を披露してくれる。謹んで拝聴するように。全員、正座！」とＧ大団長が号令すると、全員いっせいに居ずまいを正して私を注視しています。こうなったらもうやるしかありません。母校の校歌の替え歌を歌うなぞということは不謹慎のそしりをまぬがれませんが、この切迫した状況を切り抜けるにはそれしか方法がありません。私はコップ酒を一気に飲み干して歌い出しました。

天上はるかに『石鎚山』の　　　………
………　　　………『四万十川』波

すかさずＧ大団長の「二番！」の掛け声。二番の歌詞は次のようになっています。

高きと長きと　無言の教　　　紅顔日に日に　顧み思ふ
わが生わが世の　天職いかに　　　秋田の高校　一千健児

私は「秋田の高校」を「高知の大学」に置き換えてなんとか切り抜けました。さて、問題は三番です。

篤胤　信淵　ふたつの巨霊　　　生まれし秋田の　土こそ薫れ
先蹤追ひつゝ　未来の望　　　ゆたかに健児は　其途進む

いきなり「篤胤　信淵」で始まるのです。「篤胤」とは本居宣長らとともに国学四大人のひとりに数えられた平田篤胤のことで、「信淵」とは江戸後期の思想家の佐藤信淵のことです。それでは高知の偉人二人といえば誰か？　いわずと知れた坂本竜馬と中岡慎太郎でしょう。私は桂浜と室戸岬に立つという、ふたりの銅像を思い描きながら歌ったのでした。

『坂本、中岡』ふたつの巨霊
……………………
……………………其途進む

もう限界です。四番の歌詞が浮かばないのです。その時、私の苦衷を察したN君がやおら立ち上がり、「フレー、フレー、高知大！」とエールを切ったのです。すると、応援団の本能でしょうか、期せずして全員が一斉に立ち上がり、「フレッ、フレッ、高知、フレッ、フレッ、高知」と大合唱したのでした。私はあまりの盛大なエールに、恥ずかしいやら恐ろしいやら、穴があったら飛び込みたい心境でした。

席にもどると、近藤勇が「なかなかいい校歌だ」とほめてくれました。ところがその時、隣の土方歳三が「いやー、奇遇ですねぇ、自分の高校の校歌とそっくりなんですよ」と言ったのです。「君はどこの高校だったかな」「A高校です」私は胆が縮む思いがしました。しかし、ここはあくまでもシラを切るしかありません。「もしかしたら、作詞は土井晩翠ではないですか？　やっぱりそうですか。土井晩翠は生涯に300の校歌を作ったそうですから、中には似たものもあったんでしょうねえ」と言うと、近藤勇が「ほう、300か。

君はなかなか博識だな。さあ、もう一杯飲め」と酒を勧めてくれました。隣で土方が「それにしても曲までそっくりとは実に奇遇だ……」とぶつぶつ呟いています。私はいつバレるか、いつバレるかと気が気ではなく、ただひたすら杯を重ねたのでした。

ようやく会がお開きになり、べろんべろんになった私が命からがら逃げ支度をしていると、後ろからG大団長に肩をたたかれました。

「おう、高知、今日はご苦労だったな。今度また歌を聞かせてくれ」と言って私の肩を抱くと、耳元でこうささやいたのです。「この次はA高校の校歌ってのはどうだ?」。

（蛇足）

その後どうなったのか、実は記憶が定かではありません。翌朝気がつくと私はG大ラグビー部の部室で、ラグビー部の部員たちに混じって、おのれの吐物にまみれながら討ち死にしていました。

「MQ伝説」

我々3期生が卒業してから、はや20年の歳月がたつといいます。振り返れば、思い出は年々遠ざかってゆくようです。記憶が風化してしまう前に書き留めておきたいことがあります。他ならぬ我らがM君のことです。生きながらにして、はや伝説と化したM君とははたしていかなる人物であったのか。それは各人の評価にゆだねるしかありません。私はただ自分の心に残るM君の風景を書きしるすだけです。

〈豪快〉

階段教室でおこなわれたある試験の時のこと。試験が始まるや、一番後ろの席からドタドタと駆け下りてくる男がいました。振り返ると、真っ黒なコートに特長のブーツをはいたM君が、靴音も高らかに私の横を走り抜け、最前列の秀才のK君の席まで行って答案を覗き込んだかと思うと、再びドタドタと階段を駆け上がっていったのです。何事が起こったのかと、みなが呆気にとられていると、しばらくして再び彼は駆け下り、答案を覗いてひとり「ふむ、ふむ」とうなずいては無人の野を行くが如く駆け戻っていくのでした。あまりの大胆さに、初めは試験官も意表をつかれて呆然と見過ごしていたのですが、何度も繰り返せば誰だって気づいてしまうのでした。あの豪快さは大胆不敵というべきなのでしょうか、それとも単に思慮が足らないだけなのでしょうか。それはいまだに深い謎に包まれています。

〈人脈〉

ある時、彼のアパートにまったく不釣り合いのりっぱな木彫りの表札がかかっていました。「U」と彫ってあります。不審に思って彼に尋ねると、道で拾ったのだ、と言います。はたして眼科の授業の時、病院長のU教授が困り果てた顔でこう言いました。「先日、私の家の表札が行方不明になりました。心当たりの方は……」みんながいっせいにM君のほうを振り向くと、彼は「アチョーッ」と奇声を発して立ち上がったのでした。

また、K学部長の最初の講義の時のこと。授業が終わって学生がみな帰ったあと、彼は教授につかつかと近寄り、「あのなあ、あんたの授業、面白くねえんだよ。産婦人科だろ？　もっと色気のある授業をしろよ」といきなり難癖をつけ始めたのです。初めは教授も、「君、産婦人科の授業というのはこんなもんだよ」と軽く受け流していたのですが、「面白くねえんだよな。おまえのやかん頭は脳軟化じゃねえのか？」と言われるに及んでついに堪忍袋の緒が切れたのか、「なんだと？　俺が脳軟化だったら、おまえの頭の中は糞でもつまってんだろう！」と激しく応酬したのです。気の弱い私は巻き添えを食っては一大事と、そそくさと退散したのですが、校門の前で追い越していったアメ車のリンカーンの中には、いつのまに仲直りしたのかM君がちゃっかり乗り込んでいて、事もあろうに学部長のやかん頭をこれ見よがしにナデナデしているではありませんか！

その年、M君は奇跡的に進級を果たしましたが、進級会議で学部長の「あいつは見所があるから通してやれ」という鶴の一声で進級できたという噂がまことしやかに伝えられました。後年、卒業式のあとの謝恩会で、ふたりが互いの急所を握り合いながら、「男なら」を絶唱したのは、あまりにも有名な話です。そういえば、あのヒゲのW学長殿でさえ、雪に埋まったM君の車の後押しをしていたそうです。

（訪問）

M君が初めて私のアパートへ来た時のことを私は忘れません。その頃、彼はクラスの主だった人物を次々と表敬訪問していたのでした。クラスで一番成績のいい奴、一番スポーツのできる奴、一番女にもてる奴、という具合でした。したがって彼の訪問を受けることは、考えようによってはすこぶる名誉なことだったのです。私は内心ひそかに喜びました。そして私が選ばれた理由をぜひ知りたいと思いました。果たして帰り際、彼がポツリともらした言葉は、「おまえのところには、お茶菓子がたくさんあるって聞いたんだ」その後、彼は3日間通いつめ、お茶菓子をあらかた食い尽くすと、いずこへともなく立ち去ったのでした。

そんな彼がしばらくして、ひょっこりと手土産持参で現れたのです。それが牛乳2本でした。珍しいこともあるものだと、のどの渇いていた私が一気に飲み干したとたん、その様子をじっと見ていたM君が「おまえ、その牛乳を飲んだな？」と言うではありませんか！私は鼻から牛乳を噴き出しそうになりました。彼はにやりと笑い、「その牛乳はな、隣の家の牛乳だぞぉ！」。人はいう「彼はただの盗人ではない」と。

〈衝動〉

ある朝、M君が「けんちゃん、一緒に行こうぜ」と誘いに来ました。ところが、大学とは反対方向に向かって歩きだしたのです。「どこへ行くんだ?」と聞くと、「Y子に会いに行く」と言います。Y子さんというのは教育学部の学生で、私もひそかにあこがれていた評判の美人でした。私はこの時、期待に胸ときめいたことを白状しなくてはなりません。

やがて彼女が友達とふたりで歩いてくるのに行き会いました。彼女はM君をみると、「あっ、M君だ!」と、期待とも不安ともつかぬ声をあげました。M君はすでに教育学部でも有名だったのです。彼女の反応に気をよくしたM君は、つかつかと近づいていったかと思うと、いきなりものも言わずに彼女の顔をベロリと舐め上げたのです。これには私もびっくりしました。彼の舌は異常なほど長かったのです。彼女は悲鳴をあげて逃げ去ってしまいました。

一瞬の出来事でした。そして私は完全に変態の片割れでした。M君は「あれ?」と言いながら、お尻を突き出してあたりをキョロキョロ見回すお得意の「こまわり君」ポーズを決めています。私は呆れ果て、かつM君と一緒に来たことを心底後悔しながら、「そんなことをしたら彼女に嫌われるだけじゃないのか?」と言うと彼は、実は自分もそう思っている、だが、どうしてもこのポーズを決めてみたかったのだ、と言いました。
誰も見ていないところでそんなポーズを決めて、いったい何になるのかと思うのですが、実は彼は人の意表をつく行動が大好きで、芸術的なパフォーマンスを生きがいとしている男だったのです。人は言う、「彼は真の芸術至上主義者なのだ」と。

（舞台）

ＭＱバンドが結成されたのは、第1回医学祭の時です。Ｍ君をリーダーに、一番歌のうまいＴ君と、一番ギターのうまいＫ君と、お茶菓子の多い私の4人でした。そして我々はコンサートめざして猛練習を開始したのです。が、練習嫌いのＭ君が来たのは直前の2日間だけでした。こうしてあの伝説のステージが実現したのです。
私は原稿を書くにあたり、20年前のテープを探し出して聴いてみました。が、聞かなければよかったと後悔しました。まったくもって顔から火の出るような恥ずかしい演奏なのです。Ｍ君が嫌がった理由が今になってようやくわかった気がしました。まず、チューニングからしてまったく合っていません。歌も音をはずしています。演奏にいたっては脳みそがとろけそうなほどなのです。よく暴動が起こらなかったものだ、と不思議なくらいです。おそらく、M君のパフォーマンスにみんなの目が奪われていたからでしょう。ステージの状態が怪しくなると、絶妙のタイミングで彼のアドリブがはいり、一瞬にして会場は笑いに包まれてしまうのでした。彼は歌を歌うわけでもなく、コーラスを入れるわけでもなく、演奏すらほとんど参加していないのですが、ツボを心得ているというか、アドリブの入れ方が絶妙で、堂々たる態度と相まって抜群の存在感なのでありました。人はいう、「彼は生まれながらのエンターテイナーなのだ」と。

（天才）

こうして、あやうく暴動は回避されました。しかし、M君はこれを最後に二度とステージに立つことはありませんでした。彼は、「おまえらの音は腐ってる！」の捨て台詞を残して立ち去ってしまったのです。

歌えば音痴、演奏もいい加減なM君ですが、神のいたずらか、なぜか耳だけはプロ級なのでした。彼は自分の怠惰は棚に上げ、他人の無能ぶりには我慢ならないタチなのです。それは天才が背負った業とでもいうべきものなのでしょうか、それとも単にわがままなだけなのでしょうか。

その後、残された3人はMQバンドの名で細々と活動を続けたのですが、彼の抜けたMQバンドはジョン・レノンのいないビートルズのようなものでした。思えば我々はM君の幻影を追い求めていたにすぎなかったのかもしれません。彼はまさしくカリスマだったのです。

追試の美学

私は追試に関しては自信があります。誰よりも多く受けたという自信です。そればかりではありません。追試の答案の出来映えは誰にも負けないと自負しています。追試の王者なのです。「バカだ、バカだ、バカだ」と思われていた学生が、追試で信じられないような見事な答案を書く、それを見た時の教授の驚き、「惜しいなあ、せっかくいいものを持っているのに……」という言葉を背に飄々と立ち去る姿、そこに私の美学があるのです。「どうして本試ではないのか？」と疑問に思うむきもあるかもしれませんが、あっと言わせるためには、その前に思いっきり油断しておいてもらう必要があるため、仕方がないのです。

とはいえ、私もできることなら1回で通るに越したことはなかったのですが、困ったことに当時の私は「学生時代を勉強ばかりで過ごしていいのだろうか、他にもっと、やるべきことがあるのではなかろうか？」という形而上学的命題をかかえていたのです。そこで剣道部に所属しながら卓球部の合宿に参加し、学習塾の講師を務めながら家庭教師を引き受け、バンドのコンサートをやりながら失恋を重ねるという超多忙な学生生活を送った結果、勉強したくてもする暇がないという状況に陥ってしまっていたのです。よっぽど勉強が嫌いだったのでしょう。

私の数々ある追試の中でも忘れがたいのはI教授の組織学の追試です。本試験は100枚ほどのプレパラートのはいったケースの中から1枚だけ引いて、それについての質問に答える形式でおこなわれました。私が引いたのは膀胱のプレパラートでした。膀胱は比較的単純な臓器です。しめた、と思いましたが、10問中6問解くのが精一杯でした。やれやれ、これでなんとか、と思った時、I教授が「今のところ60点ですね。それではもう1問。これがわかったら合格、わからなければ不合格」と言ったので、私は大変緊張しました。「それではモーターニューロンを出してください」

モーターニューロンなるものを私は見たことも聞いたこともありませんでした。モーターボートの発動機のようなものを想像しました。私は必死でした。これが見つからなければ不合格なのです。プレパラートの隅から隅まで目を皿のようにして探しました。しかし、自分でも何を探しているのかわからないのですから見つかるはずがありません。がまの油のような大汗をかきながら15分間粘りましたが、どうしても見つからず、とうとう観念して「わかりません。どうか教えてください」と言いました。

教授は私と交代してしばらく探していましたが、「このプレパラートにはありませんね。残念でした、ハイ、不合格」と言ったのです。私はショックのあまり、声も出ませんでした。あとでわかったことですが、膀胱のプレパラートは2枚あり、モーターニューロンはそのうちの1枚の中に1個しかないのでした。こんな理不尽なことがあるでしょうか？私はリベンジを誓いました。

受けた追試は数々あれど、この時ほど燃えたことはありません。なんとかしてI教授の鼻をあかしてやらねばならぬ。私は追試の前日、実習室で徹夜で勉強しました。特に膀胱は徹底的に研究しました。モーターニューロンにいたってはその位置を完全にマスターし、3秒以内に出せるまで訓練しました。

「膀胱のプレパラートさえ引ければ、確実に満点なんだがなあ」

その時、朝日のさし込む実習室の窓からI教授の出勤してくる姿が見えました。きっかり7時でした。I教授は大変几帳面な方なのです。そういえば、たまたま一緒にエレベーターに乗った際、教授が1階から5階の自室へ行こうとして、2、3、4、5、とすべての階のボタンを押したのを目撃したことがあります。その習慣は退官まで変わらなかったといいます。I教授には、毎回きちんと同じことを繰り返す癖があるのでしょう。

「待てよ、それならば追試の問題も本試と同じ可能性があるし、もしかしたら試験用のプレパラートも教材用とまったく同じ配列になっているのではあるまいか？」

そこで私は最後の1時間、眠気をこらえて膀胱のプレパラートを一発で引き当てる練習を繰り返し行ったのでした。

そして本番、私は100枚近いプレパラートの中から見事に『膀胱』を引き当て、しかもモーターニューロンのはいった方を引いたのです。予想通り、質問も判で押したように前回とまったく同じだったので全問正解することができました。最後に教授が「それでは最後の問題、モーターニューロンを出してください」と言った時、私は待ってましたと目に涙、教授の言葉も終わらぬうちに「ハイ、これです！」と出してみせたのです。その時のI教授の驚いた顔は今でも忘れることができません。私の数ある追試の中でもまさに白眉というべき会心の出来でありました。人生にも追試があれば、どんなによかったことか。

卒業してから4年ほどたち、妻と付き合い始めた頃のことです。妻は私のことを聞きに知り合いの学務課のNさんのところへ行ったのだそうです。Nさんは、「え？　秋田さん？よーく知ってるわよ。Mさんのお友達でしょ？　いつもMさんと一緒に追試受けてたわよ」とうれしそうに言ってから、ハッと気づき、あわてて「でもね、でもね、とってもいい人よ、そうよ、追試のプリンスよ！」と付け足したのだそうです。美学というものは、このように世間からは決して正当に評価されないものでありまして、そこに美学の辛さがあり、私の不幸があります。

「最初に言うとくけどな、研修医は医者とちゃうで。この病院では役に立つもんが偉いんや。順番に言うたろか。『婦長、看護婦、医者、小使い。マウス、ラットに研修医』。よう覚えとかなあかんで」

当時、私は大学の医局から、京都へ2年間の研修に派遣されていました。私にとって京都は長い間あこがれの地だったので、桜の嵐山や紫陽花の三千院、紅葉の高尾などの四季の名所めぐりや、文学作品の舞台を訪ね歩くことに胸をときめかせてきたのです。が、現実はそんなに甘くはありませんでした。私を一人前の医者にしてやろうと、心やさしき先輩たちが手ぐすね引いて待ち構えていたからです。その病院には動物施設まであったので、私はマウスやラットに負けないよう、一生懸命働かなくてはならないのでした。京都見物どころか、桜も紅葉も何が何やら、朝から晩まで働いて研修医当直室でぼろ雑巾のように眠る日々でありました。けれども私は京都にいるというただそれだけで、十分に幸せだったのです。

そして2年目、私にチャンスが訪れました。研修医がひとり増えて「マウス、ラットに研修医1、2」となったからです。ある日曜日の昼下がり、私はかねてからの計画を実行に移すべく、文庫本を1冊持って出かけました。南禅寺からぶらぶらと哲学の道をたどって銀閣寺へはいり、庭石に腰掛けて文庫本を読み始めたのです。そしてタイミングを見計らい、思い切って銀閣寺の縁側に座ってみました。誰も咎める者はありません。そこで今度は縁側に上がりこんであぐらをかき、ついには本を枕に昼寝をしてみたのです。今にして思えばとんでもないことですが、当時はまだ難しい規制などもなく、とてもおおらかな雰囲気だったのでしょう（あるいは私が原因で規制が厳しくなったのかもしれません）。春の日差しが暖かでした。風もやわらかでした。それはまるで悠久の時間の流れに身をゆだね、光の中をゆらゆらと漂っているような気分でした。私はこのささやかな楽しみを『文学的逍遥』と名付け、ひとり悦に入っていたのでした。

ある時、私は疲れ果て、風邪をこじらせてふらふらになり、以前、先輩に連れてきてもらったことのある「大吉」という小料理屋さんに倒れこみました。「すみませんが、何か温かいものを作ってもらえませんか？」大吉のご主人は、一瞬驚いた様子でしたが、「お忙しくって大変でしょう、体を大切にせなあきまへんで」と言って、温かいおじやを作ってくれました。私が貪るように食べるのを見守りながら、「この辺は二条寺町通りといいまして、近くに本能寺があります。昔ながらの町並みで今でも名所旧跡が仰山ありまっせ。そや、梶井基次郎ゆう作家はご存じですか？　その人が檸檬を買ったお店は、すぐそこのはす向かいですよ」と教えてくれたのです。

『ここが梶井基次郎の檸檬の店です』

小さな果物屋の店先に置かれた籠の中、檸檬が数個積まれたその上に、口上書きがつつましくのっていました。それは、なんの変哲もない、見過ごしてしまいそうなほどささやかな広告でした。梶井基次郎といえば、わが国最初のデカダンス文学といわれる『檸檬』を書いた小説家です。その瞬間、私に素晴らしいアイデアが浮かびました。すなわち、その店で檸檬を1個買い、主人公と同じ道をたどって丸善まで行き、小説のように檸檬を本棚にさりげなく置いてこようというのです。「もしかしたら主人公の気持ちがわかるのではあるまいか？」私は彼の有名な小説を読み終えた時の、狐につままれたような不安と焦燥を思い起こしながら、この素晴らしい思いつきに有頂天になりました。まさしく「文学的逍遥」にぴったりではありませんか。

さっそく檸檬を1個買い、両手に包み込んでその冷たさを確かめながら歩きだしました。道々、檸檬の匂いをかいでみたり、日にかざしてはその色をすかしてみたり、「つまりはこの重さなんだな」と呟いたりしながら、すっかり主人公になりきって寺町通りを下っていったのです。

やがて、目的地の丸善の前に着きました。私は真っ直ぐに画集の並んだ本棚の前に行き、店員に見つからぬよう、どきどきしながらポケットにしまってあった檸檬を注意深く取り出し、本棚の上にそっと置いてみました。そのとたん、私の手はピタリと止まってしまったのです。目の前に小さな張り紙が貼ってありました。

『ここに檸檬を置いていかないでください』

ノーベル賞と私

私がノーベル賞に最も近づいたのは、研修3年目、京都の病院へ勤務した時のことです。私の研究がノーベル医学賞の候補になったというわけではなく、その病院にたまたまノーベル賞受賞者が入院していたのです。

ある日、特別病棟に回診に行くと、婦長さんが「先生、湯川はんの点滴、入れてくれはりまへんか?」と言うのです。「『湯川はん』て、もしかしてノーベル賞の湯川博士ですか? やります、やります!」と勇んで病室の前に行ったまではよかったのですが、待てよ、私は担当医でもないし、初対面だし、なんと挨拶したらよいものだろうか、とドアの前で立ち止まってしまいました。せっかくの機会だから、一生の記念になるような会話をしたいものだと思ったのですが、何と言ったらいいのか、皆目見当がつかなかったのです。「博士、その後、中間子理論の研究はどうなりました?」これはいくらなんでも無理があります。「博士の核廃絶運動に私も賛成です」も、あまりに唐突でおかしいでしょう。それではストレートに「博士、私はあなたを尊敬しています！」はどうか？　これもあとが続きそうにありません。どうしようかと迷いつつドアのすきまから覗いてみると、博士はひとり静かに瞑想にふけっていらっしゃいました。その侵しがたい雰囲気に圧倒された私はそそくさとその場を退却したのでした。点滴に自信がなかったのではありません。会話に自信が持てなかったのです。

その病棟には私の患者さんもひとり入院していました。若い独身の乳癌の患者さんで、ふたり部屋に80歳ぐらいの口の達者なおばあさんと同室でした。そのおばあさんには女手ひとつで育て上げたひとり息子がいるが、これがどうしようもない放蕩息子で、アメリカへ遊びに行ったきり帰ってこないのだそうです。付き添いもなく寂しいのか、主治医でもない私に「あんたは独身か、約束した人はいないのか？」などといろいろ話しかけてきます。もしかしたら、昔、先斗町あたりの置屋のおかみでもやっていたのではないかと想像しました。

ある日、回診に行くと、おばあさんが突然、「あんた、この人（私の乳癌の患者さん）を嫁はんにもろてあげなはれ。そうすればこの人も助かるやろし、あんたも乳癌の研究ができるやおまへんか。そうしなはれ、そうしなはれ」と言うのです。なんという奇想天外な発想でしょう。これには実に閉口しました。

翌日、病棟へ行くと看護婦さんたちが噂をしていました。おばあさんが私の患者さんをそそのかして、私宛にラブレターを書かせようとしているというのです。「まったく、とんでもないばあさんだ！」憤然として病室へ行くと、そこにはアメリカへ行ったはずの放蕩息子がきていて、何やらおばあさんにこっぴどく叱られ、はた目にも気の毒なほど小さくなっていました。よくみると、きちんとしたりっぱな身なりの紳士です。

詰め所に帰り、婦長さんに尋ねると「まあ、先生、ご存じなかったんどすか？　江崎玲於奈はんどすえ」「えっ、あの、ノーベル賞の？」江崎ダイオードの着想は、逆転の発想によるものなのだそうですが、もしかしたらあの天才的な着想はこの母親の薫陶の賜物だったのではないでしょうか？　その瞬間からおばあさんに対する私の態度がガラリと変わってしまったのも致し方ないことでありました。

最近は日本のノーベル賞受賞者が急に増えてきました。名前を覚えきれないほどです。それとも覚えられないのは私の脳細胞が減ったせいでしょうか？　もしかしたら私は今、日々光速でノーベル賞から遠ざかりつつも、年々、着実に「脳減る症」に近づいているのかもしれません。

勧進帳

鞍馬山から吹き降ろす北風が、京都の街に冷たい雨を降らせていました。当時、研修医だった私は病院の駐車場から車を出そうとして、向かいに止めてあった車にぶつけてしまったのです。持ち主は若い女性でした。私は彼女と警官に事情を説明し、警官も「あとはふたりで示談するように」と引き揚げかけたその時です。

彼女が「ちょっと、あんたの免許証見せて」と言うので渡したところ、すばやく自分のバッグにしまい込み、「これから一緒に事務所まで来てんか。免許証はそれまでうちが預かっとくわ」と言うのです。私は彼女の豹変ぶりに唖然としましたが、仕方がないので車に荷物を取りに戻ると、先ほどの警官が私の背後で「行ったらあかんで」とささやいて立ち去ったのです。私は背筋にゾクッと冷たいものを感じました。そこで一計を案じ、「あのー、免許証の中にお金がはいってるんですけど」と言って、女がうっかりよこした免許証をすかさずポケットに捻じ込み、「これは渡せない、ここで話をつけましょう」と開き直りました。女は逆上し、「今、お兄ちゃん呼んで来るさかい、逃げたらあかんで！」とすごんだのです。

やがてやってきたのは見るからに怖そうなお兄さんで、「われ、味な真似してくれるやないけ、おー？ ちょっと事務所まで顔貸してもらおか！」と言うので、私は電信柱にしがみつきながら「きょ、今日は当直ですから」と懸命に嘘をつきました。男は「なんやと？おまえがぶつけたんやないかい！」とどなりましたが、「まあええわ、そのかわり、明日の10時きっかりに事務所まで来いよ、ええな。こなんだら、承知せんからな！ 言うとくけどな、わしらの世界じゃ保険は効かんからな」「えっ、保険が効かない？ 失礼ですが、あなたは？」すると男はにやりと笑い、「わしか？ わしはな、『サラ金』や！」

さあ大変です。私は急いで保険会社に電話しましたが、「相手は『サラ金』」と言ったとたんにガチャンと切れてしまい、何度かけ直しても通じません。そのうちに「本日の営業は終了しました」のアナウンスになってしまったのです。私はあわてて医局に駆け戻り先生方に相談したところ、「あ、そりゃあかん、ケツの毛まで抜かれるわ。新車を買って返したほうが早いで。五体満足で帰れたら儲けもんとちゃうか？」とまるで他人事のように言う人や、「関西のやくざは怖いで。死んでもハンコだけはついたらあかん。うちのおやじは10分間無断駐車しただけで、毎月50万ずつ取られよったわ」と忠告とも脅しともつかぬことを言う人もいれば、「民事では警察は動かへん。いっそのこと５～６発殴られて、刑事事件にしてもうたらどうや？　診断書、書いたるで」と親切に言ってくれる人もいましたが、さすがに誰ひとり、事務所まで一緒に行くと言ってくれる人はいません。

その時、Ｍ先生の顔が頭に浮かんだのです。Ｍ先生は高校時代からラグビーで勇名を馳せた方で、病院随一の強面、しかも仁義に厚く、まるで武蔵坊弁慶のような方なのです。すぐさま電話をかけて事情を説明すると、「なんやと、『サラ金』やと？　そ、そのガキは、いったいどこの組のもんじゃ！」と鼓膜が破れるほどの大声で叫んだのでありました。

翌朝、私はＭ先生を今か今かと待ちわびていました。約束の時間がとうに過ぎた頃、「おう、遅れてすまんかったな。ほう、もうこないな時間か。まあ少しぐらい待たしといた方がええんじゃ」と悠然たるもので、ふたりで事務所の前に着いた時には30分以上も遅刻していました。Ｍ先生はドアを指差し、「おまえから先にはいれ」と言ったのです。

みなさんはサラ金の事務所にはいったことがありますか？　私はあの時のドアのノブの冷たい感触が今でも忘れられません。中では『サラ金』と女とチンピラの３人が今や遅しと待ち構えていました。もしも私ひとりきりだったら、きっと骨の髄までしゃぶられていたことでしょう。そこへぬっと現れたM先生のいかつい顔を見て、さすがの彼らも一瞬たじろぐのがわかりました。M先生はすかさず名刺を差し出しながら「あー、みなさん、私はこいつの上司で、こういうもんですわ。このたびはうちの若いもんがえらいご迷惑をおかけしたそうですなあ」と言って悠然とソファーに腰掛け、「おまえも座れ」と私に命じたのです。

「こいつは東北の片田舎から出てきたばっかしの田舎もんやさかい、どうか、大目に見とうてください。ほら、おまえも頭下げんかい」と私の頭を無理やり押さえ込みながら、「みなさんは医者といえば、みな大金持ちやと思とるでしょうが、こいつはまだ駆け出しの半人前で、給料もろくすっぽ貰とらん貧乏人なんですわ。そのくせ、あないな新車なんぞ乗り回しくさって、このドアホ！　どうせ、どこぞの女でも乗せとったんやろ。なに、乗せとらん？　アホか、あたりまえや。キョロキョロよそ見なんぞしとるさかい、こないなことになるんやないけ！」と、一発ガツンと私の頭を殴りつけてから、「だいたいわしがいつも口を酸っぱくして言うとるやろ。女とやくざと車の運転には気をつけい、と。あれほど言うとるのに、ほんまにおまえは何べん言うたらわかるんじゃ！」と話すうちに次第に激昂し、あのラグビーで鍛えた大きな熊のような手で私の頭をガシガシガシとまるで杭打ち機のように殴り始めたのです。その痛いこと痛いこと、一撃ごとに目から火花が飛び散り、サラ金に脅されるより先に頭蓋骨陥没で入院してしまうのではないかと思ったほどでした。それは迫真の演技というよりはむしろ、日頃こらえていたM先生の私に対する怒りがついに爆発してしまったかのようで、私は痛さと悔しさと情けなさとで、不覚にもボロリと大粒の涙をこぼしてしまったのです。涙で曇った私の視界に、女の「ざまあみろ」といったうす笑いがぼんやりと浮かび上がりました。

その瞬間を待っていたかのようにM先生が「ところで、あんたはんは誰ぞのお見舞いにでも行かはったんですか？　ほう、お知り合いが交通事故で整形に。主治医はHですか。ほな、わしのダチ公や。わしからよーく言うときますさかい、安心しなはれ。おい、あしたからおまえも回診しとけ！」と私に命じると、女の顔から笑いが消えました。人質に捕られたと思ったのでしょう。M先生は座り直し、「失礼ですが、あんたらもこないなお仕事してはると、いつ何時、病院の世話にならんとも限らんわけでしょう。そないな時は、いつでもわしんとこへ相談してもろてよろし。わしがお引き受けしましょ！」と言ったのです。

サラ金の態度が一変しました。「そりゃ、ホンマですか？　わしらもこないな稼業やさかい、そん時はよろしゅう頼んますわ」と、あっという間に手打ちになったのでした。

帰り道、M先生は、「おお、さっきはすまんかったな。痛かったやろ？　けどな、向こうはああいう仕事やさかい、相手の顔も少しは立ててやらなあかんのや」と言いました。

私は痛さとありがたさと虎口を脱した安堵感とで胸がいっぱいで、何度も何度もうなずいたのでありました。

ムーランルージュ

せっかくパリに来たのだから、ひとつ夜の街に繰り出してみようではないか、ということになりました。私は退職教員のヨーロッパツアーに添乗医として同行してきていたのです。当時、私は27歳で独身でしたし、ふたりの旅行会社の添乗員（AさんとB君）も若かったのでたちまち意気投合、勇躍タクシーに乗り込んだのでした。ところがAさんもB君もフランス語はまるでダメ、パリも初めてなのだといいます。タクシーに乗ったはいいが、さっぱり言葉が通じません。観光案内書を見せながら、「ムーランルージュ、ムーランルージュ」と連呼するのですが、発音が悪いのか、運転手は首をかしげるばかりでまことに心もとないありさまです。やっとタクシーがセーヌ川に沿って走り出した時、B君が「最近、日本人観光客がセーヌ川に死体で浮かんだそうですよ」と言いました。「ムーランルージュは大丈夫だよ」とAさん。しかし、タクシーはいつまでたっても目的地につかず、なぜかさっきから同じところをグルグル回っているような感じでした。気の短いB君が「もうどこでもいいから着けてもらいましょうよ」と言ったとたん、タクシーがぴたりと止まったのです。確かにキャバレーの前ですが、めざしたところとは違うキャバレーでした。

タクシーから降りると、たちまち5～6人の柄の悪い男たちに取り囲まれ、あれよあれよという間にキャバレーの中に連れ込まれました。入り口にはレスラーのように屈強な門番が立っていて、我々をジロリと一瞥しました。暗がりの中、ボーイが奥へ奥へと導いていきます。着いたところは最上段の豪華なテーブル付きの貴賓席でした。はるか下方にステージがあり、その前に並んだ一般席にはテーブルはないようです。我々は互いにそっと顔を見合わせました。そんな気持ちを見透かしたかのように、間髪を入れず若いホステス嬢が5～6人、嬌声をあげながら押し寄せてきたかと思うと、テーブルの上に大きなワイングラスがずらりと並べられ、シャンパンのボトルがドンドンと置かれました。「あれ、これ、誰が頼んだの?」と尋ねる間もなくあっという間に栓が抜かれ、グラスになみなみと注がれて乾杯となったのです。

どのホステス嬢も若くて飛び切り美しいパリジェンヌなのですが、みかけによらず飲みっぷりがよく、我々が1杯も飲まないうちにたちまち飲み干してしまい、すぐさまお代わりのボトルが運ばれてきました。「これ1本いくらするんでしょうね？」とAさんが心配そうに言いました。私も不安です。ひとりB君だけはすっかりご機嫌で、隣の金髪ギャルに片言の英語で一生懸命話しかけていました。

やがてステージに司会者が現れ、スピーチを始めました。しきりに「ジャポン」とか「エンペラー」とか言っています。「日本の皇族でも来てるのでしょうか？」とAさん。すると突然、司会者が貴賓席を指差したかと思うと、一般席の客が全員立ち上がり、こちらに向かっていっせいに拍手を始めたのです。我々はびっくりしてまわりを見回しました。が、皇族はどこにも見当たりません。ふと気がつくと、まわりのホステスたちまでがうっとりと我々を見つめながら拍手しているではありませんか！　なんということでしょう、我々はいつのまにか皇族と間違われてしまったらしいのです。私は真っ青になりました。

人生には三つの坂があるといいます。「上り坂」「下り坂」そして「まさか」。立ち上がって拍手に応えようとするB君を抑えつけながらAさんが、「まずい、これはまずい、すぐに出ましょう」と言ってボーイを呼び、「我々は皇族ではない。すぐに会計しろ」と言うと、ボーイは怪訝な顔をしました。まだ10分もたっていないのです。やがて渡されたレシートに我々は額を寄せ合って必死に計算を始めました。「3000円？」とB君、「まさか、3万円だろ?」とAさん。私は少しホッとしました。しかし、あの拍手が気がかりです。念のためもう一度計算したところ、案の定、30万円でした。わずか10分です。当時の私の月給が11万円でした。3人は財布をはたいて有り金をかき集めましたが、私が10万円、Aさんが15万円で、5万円足りません。B君が全然持っていなかったのです。なんということでしょう。私の眼前にセーヌ川の暗い影が浮かび上がりました。Aさんが「私が交渉してきます。どんなことがあってもパスポートだけは絶対に手離さないでください」と言い残し、悲愴な顔で立っていきました。

残された私は今や酔いも醒め果て、すっかり白けきってしまったテーブルで、なすところもなく呆然としてステージを眺めていました。ステージでは折しもストリップショーが始まっていました。場末のストリップ劇場というものは、とてももの悲しいものだと聞いたことがありますが、まさか華の都パリでこれほど味気ない想いをするとは夢にも思いませんでした。少しも心が浮き立たないのです。それどころか私の心境は、とさつ場で順番を待つ子牛のような心細さなのでした。

ホステスたちも我々が皇族でないと知るや、とたんに冷淡になり、いつのまにかひとり去り、ふたり去り、気づいた時にはB君とふたりきりになっていました。B君はまるでこの世の名残を惜しむかのように、食い入るような目つきで舞台に見入っています。テーブルの上には気の抜けたシャンパンのグラスが悄然と取り残されていました。そして、長い長い30分が過ぎた頃、ようやくAさんが10歳も老けたような顔で戻ってきて、「済みました、出ましょう」と言ったのです。帰りのタクシーの中、我々は終始無言でした。窓の外にはセーヌ川が黒く闇に沈んでいました……。

あれから25年、昨年久しぶりにパリへ行きました。バスで市内観光した際、男性のガイドが「前方に見えるのが有名なムーランルージュです。でも、知らないキャバレーには気をつけてください。タクシーもグルですからね。特に日本人はカモです。はいったとたんにシャンパンを抜かれ、しこたまボラレますよ。私は3回やられました」と言いました。よかった、私だけではなかったのだ。ふと何気なく窓の外をみた私の目に、忽然、25年前の光景がまざまざと蘇ったのです。「ここだ、このキャバレーだ、私を騙したのは！」

そのキャバレーは昔の姿そのままにそこに建っていました。なんとムーランルージュの目と鼻の先ではありませんか！　どうしてあの時気づかなかったのか、私は悔しさにジダンダ踏みました。いまだにキャバレーが健在なところをみると、あれから四半世紀の間ずーっと日本人観光客を食い物にしてきたのに相違ありません。この失敗談が日本男児への警鐘となれば幸い。

雀士

私がK病院へ研修に出たのは澄み切った秋晴れの日のことです。初日とあって朝早く出勤したのですが、医局の扉を開けたとたん、目を丸くしてしまいました。テーブルの上にビール瓶が何本も倒され、床の上には割れたコップが転がり、椅子はひっくり返るは電話は床に落ちるは、おまけに窓ガラスまで破られているではありませんか！　まるで昨夜、医局の中を台風が通り抜けていったかのようです。

その嵐のあとの静けさの中で、昨夜の当直医がひとり涼しげな顔で朝刊を読んでいるのでした。私がおそるおそる「あのう、ゆうべ何があったのでしょうか？」と尋ねると、当直医は医局の中をちらりと一瞥し、「あ、これ？　これはね、ゆうべ医局会があったのよ」とこともなげに言ったのです。「イキョクカイ？」私は思わず聞き返してしまいました。「イキョクカイ」というのは何やらすこぶる恐ろしげな行事のようであります。その時私はまだ知らなかったのです。この病院が一部の人たちから「野生の王国」と呼ばれ恐れられている、ということを。

しかしながら私も元来管理社会のはみ出し者、幾日もたたぬうちにこの病院での生活にどっぷりと漬かっていました。接してみればまことに気持ちのいい先生方ばかりなのです。そしてこの病院の仕事にも慣れた頃、さっそく私に麻雀のお誘いがかかりました。私の歓迎麻雀大会でご馳走付きだというのですが、面子をみれば前門の虎、後門の狼、頭上のハゲタカといったそうそうたるメンバーで、ご馳走は実は私自身なのではないかと疑われるほどでした。しかしせっかくのお誘いです。これも大切なお付き合いと腹をくくり、出血を覚悟で卓についたうさぎさんなのでありました。そもそも研修医にとって大学の外へ出るということは、教授から「世間をみてこい」と言われているようなものでありまして、ましてや麻雀は、かの雀聖阿佐田哲也先生がいみじくもおっしゃっているように、まさしく人生の縮図であり、麻雀をうちながら聞く先輩の人生訓は世間知らずの研修医にとってかけがえのない社会勉強なのであります。

さて、その夜の最大の強敵は、K病院の名物医師と呼ばれているA先生でした。噂によるとA先生は1分間に58秒間話し続けることができるといわれていました。あとの2秒は何をしているのかと聞くと、息をしているのだそうです。人生を語り、男を語ってそのさわやかな弁舌は淀むことを知りません。そのうえ麻雀はプロ級、酒は底無しです。右手で牌をツモリ、左手で杯をあおる。ツモッテはあおり、あおってはツモリ、酔うほどに陶然としてますます舌は滑らかになっていくのでした。しかも、さすがプロ級と呼ばれるほどの雀士、高邁な人生哲学を語りながらも決して勝負をおろそかにすることはありません。「さて、秋田、わかるか、男の生きざまとは……、こらっ、〇〇、おめえ、今サキヅモしたな？ごまかすんじゃねえぞ、チョンボにすっからな！　さて、秋田、わかるか、男の生きざまとは……」という具合に一瞬の隙も見せないA先生なのであります。秋の夜が更けるにつれA先生の舌も麻雀もますます快調で、私はその弁舌に聞きほれながら瞬く間に昨夜の当直料を巻き上げられていくのでありました。

「いいか、秋田、ようく聞け。男にはしてはならないことが三つある」とA先生お得意の「男の美学」が始まりました。「ひとつ、男は女を騙してはならない」ふむふむとうなずきながら「白《ハク》」を切るとすかさず「ポン」という鋭い声、話しながらも決して勝負牌を見逃さないA先生なのです。「ふたつ、男は友を裏切ってはならない」。なあるほど、と言いつつ何気なく「発」を切ると、間髪を入れず、また「ポン」という厳しい声。蒼ざめた私に向かい、「秋田、みっつめがわかるか?」と謎をかけてきました。これは難問です。「男の美学」も難しいが、それ以上にこの場の切り牌が難しい。私の手の内には「中」が1枚残っています。通れば満貫のテンパイですが、通らなければ命取り。しかし考えてみれば今夜は私の歓迎麻雀ではないか、ひょっとして見逃してくれるかも……。

追い詰められた私は藁にもすがる思いで、「みっつ、男は弱い者いじめをしてはならない、でしょうか?」と言いつつソーッと「中」を出しました。そのとたん、「ローン!」というけたたましい大音声とともに勢いよく牌が倒されたのです。「大三元、親の役満!」勝ち誇ったA先生は泣きだしそうな私に向かい、「いいか、秋田、ようく聞け。みっつ、男は自分に嘘をついてはならない、わかったか?」と、とどめの鉄槌を下すのでありました。

私はかつてあのような、非情にして人間味あふるる雀士を見たことがありません。

やつめうなぎ

私がR病院へ2カ月間の研修に出たのは、入局5年目の夏のことでした。上司のS先生は気骨みなぎるロマンの人です。私が着任するなり『外科医の心得十二か条』なるものを手渡して、こう訓示しました。「いいか、俺はいつも新任者にこう言っている。『知恵のある者は知恵を出せ、知恵のない者は汗を出せ、知恵も汗も出ない者は去れ』と」

私は即座に「自分は汗を出します！」と答えました。S先生はわが意を得たりとばかりニヤリと笑い、「よし、わが外科チームは2カ月後に米代川の川下りを決行する。源流をつきとめ、そこから日本海まで一気にボートで下るのだ！」と宣言しました。私は驚き、「外科医と川下りと、いったいどういう関係があるのでしょうか？」と尋ねるとS先生は、「いいか、健太郎、そのボートには横断幕をかかげる。そこに『R病院外科病棟のみなさん、頑張れ！』と大書するのだ。ボートがこの病院の前を通りかかった時、窓からそれを見た患者さんたちが我々の壮挙にどれほど感動し、勇気づけられることであろうか」と言って、うっとりと遠いまなざしをしたのです。私は、本当に患者さんたちが勇気づけられるのであろうか、もしかしたらかえって力を落とすことになりはしないか、と多少不安な気もしましたが、もちろん上司の言葉に逆らえるはずもありません。

翌日から、わが外科チーム（といってもS先生と私のふたりきりなのですが）は、診療が終わるや否やボートを担ぎ出し、一目散に川へ漕ぎ入れ、特訓を開始したのでした。夏とはいえ、北国の日没は早く、夕暮れの川面にはやぶ蚊がワンサカ群がっていて、ボートを走らせたとたん、目といわず、鼻といわず、口の中や耳の中までもはいり込んでくるのでした。川下りといえばもう少し優雅なものかとばかり思っていましたが、とんだ見当違いでした。

しかもS先生は舟に乗るや否や、取ったばかりの小型船舶操縦許可証をふりかざし、「いいか、健太郎、今からは俺を船長と呼ぶように。言っておくが、船の上では船長の命令は絶対である。それ、進め、面舵いっぱーい！」と高らかに号令するのでした。私はたったひとりの水夫ゆえ、ただもう必死になって漕ぎに漕いだのですが、ふと気づくと船長は「右前方に障害物あり、左に進路をとれ」だの、「左方に流木あり、右旋回」などと命令するばっかりで、少しも漕ぐ気配がありません。私はたまりかねて尋ねました。「船長は漕がないのでしょうか?」すると船長は、これだから素人は困る、と言わんばかりに、「いいか、健太郎、ボートというものはだな、その構造上、漕ぎ手は進行方向に背を向けねばならぬ。ふたり一緒に漕いだ日には、どうやって前方に進むのか? それにだ、どこの世界に自分で船を漕ぐ船長がいる? それは『船頭さん』というのだ」と、まことに理路整然とのたまうのでした。やつめうなぎに出くわしたのは、そんな特訓の最中のことです。

「あの、川底で揺れている、黒いものは何か?」と船長は訝しげに呟きました。それは流れの速い浅瀬の川底に、顎の吸盤でがっちりと吸い付きながら、夕涼みでもするかのようにゆらゆらと漂っていました。体長50センチ、胴の太さは木刀ほどもあります。船長はそれがやつめうなぎと知るや、「よし、さっそく捕まえて晩飯のおかずにしよう。それっ、突撃!」と命じたのです。

実を言うと、その頃我々は少々栄養失調気味でありました。なぜなら、我々は毎日毎日、病院の入院食ばかり食べていたからです。それというのもS先生が「外科医は患者の気持ちがわからねばならぬ。患者の気持ちを知るためには、患者と同じものを食わねばならぬ」と、例の『外科医の心得十二か条』に明記してしまったからなのです。その、ほとんど寝たきりの老人のために作られた食事は、カロリーがやたら低く、しかもアルマイトの皿に盛られたおかずは、我々が手術を終えて食堂に行く頃にはすっかり干からびていて、唯一温かい味噌汁さえ大鍋の中には汁しか残っていなかったのです。私が悄然として上澄みをすくいながら、「確かに患者さんの気持ちはよくわかりましたが、わかりすぎて我々も病気になってしまうのではないでしょうか?」と尋ねると、「まずくても死にはしない。おまえたちはわずか2カ月だが、俺は365日これを食っているのだ」と言って私のしゃもじを取り上げ、「よくみてろ」と言うや大鍋の底にガッとつっこみ、ツバメ返しのようにサーッとすくいあげたのです。見ると、汁ばかりと思われた味噌汁も鍋の底には意外にも幾ばくかの具が沈殿していたとみえ、S先生のしゃもじの中には形の崩れたじゃがいもや、菜っ葉のかすやらがかなり多量に含まれているではありませんか。その妙技に私が思わず「おーっ」と感嘆の声をあげると、「いいか、健太郎、味噌汁もただすくえばいいというものではない。ものごとにはすべからく方法論というものがあるのだ。すなわち『方法論のない理念は妄想に等しい』と心得よ」と高邁な哲学を披瀝するのでした。

けだし、飽食は何ものも生み出さない、ひとり貧しい食卓のみが哲学の土壌たり得るのではあるまいか。とはいえ、深遠なる哲学も空腹を癒やすことはできません。やつめうなぎを見たとたん、我々が思わず勇み立ってしまったのも無理からぬことだったのです。

それにしてもやつめうなぎの不気味なこと。いったい誰がこれを捕りに行くのでしょう。それはやはり水夫たる私の役目なのでした。船長はといえば、安全な岸の上から「もっと前、もっと右！」とさかんに指示を下すのですが、流れは速いし川底はツルツル滑るし容易なことではありません。私はともすれば流れに足をとられそうになりながら、おっかなびっくり近づいていきました。「いっそ、逃げてくれればいいのに」と思うのですが、やつめは悠然たる態度でいっこうに逃げる気配がありません。やむなく決死の覚悟でエイッと掴みかかったところ、やつめは一瞬「おや？」という顔をしましたが、次の瞬間、ブルッとひとつ胴震いをくれるや、ぬるりと逃げてしまったのです。幸い、電気は流れませんでした。

「あっ、惜しい、もう一息だったのに。おっ、ほれ、隣に、ほれ、もっとでかいやつが！」船長の声にせきたてられ、私はさらに深みへ深みへと進んでゆき、今度は思い切って両手でがっしりと鷲掴みにしてやりました。ブルブルヌルヌルとまことに気色悪い。船長が「こっちに投げろ、こっちに投げろ！」と叫ぶので、これ幸いと岸めがけて放り投げると、川原でのたうつやつめを船長は棒切れでバシバシと力一杯たたいたのです。やっぱり船長も薄気味悪かったのでしょう。それから30分間、私は滑ったりころんだり、全身ずぶ濡れになりながら、やっとのことで3匹のやつめをものにし、ふたり大満足で意気揚揚と引き揚げかけたその時でした。川の向こう岸にあの男が現れたのです。

その男は、対岸から我々をじっと睨みつけていましたが、やがてバシャバシャと川を渡り始めました。途中、時折少し腰を屈めては川底から何やらたきぎのようなものを拾い上げてきます。ひょいひょいと5～6本、無造作に拾い上げては腰にさげたザルの中に入れながら来るのです。「川の清掃人だろうか?」。しかし、近づいてきた男のザルの中を覗き込んだとたん、我々は思わず「あっ」と息をのんでしまいました。たきぎと思ったのは、我々をさんざん手こずらせた、やつめうなぎそのものではありませんか！　私の苦労は何だったのでしょう。呆れて声も出ない我々に向かって男は、「おまえら、いったい誰の許可もらってやつめ捕ってんだ、あーん？　漁業協同組合の許可証がなけりゃ、密漁だぞ！」と脅しつけたのです。私たちの脳裏に「○○病院外科部長、研修医を使って密漁！」という新聞記事の見出しが浮かび上がりました。船長は仕方なく漁業協同組合の監視員に1匹につき500円を支払いましたが、最後にしっかり領収書を要求することは忘れませんでした。

その晩、やつめをぶつ切りにして味噌鍋を作りました。鍋が煮えるのを待つ間、S先生はビールを飲みながら秋田県の地図をひろげ、米代川の源流探索に余念がないのでした。「川下りは源流から始めなければ意味がない」というのです。

S先生の川下りにかけるこの不思議な情熱はいったいどこからくるのでしょう。これを契機にS先生の冒険は次第にエスカレートし、ついには冬のシベリア大陸を鉄道で横断したり、ボルネオの密林に単身分け入ったり、エジプトで現地人と間違われて道案内を頼まれたりすることになるのです。どうやらS先生には独自の美学があるらしく、おそらくそれは『男の美学』で名高いA先生の影響なのでしょう。

K病院のA先生によれば、「ひとつ、男は女を騙してはならない。ふたつ、男は友を裏切ってはならない。みっつ、男は自分に嘘をついてはならない」というのですが、S先生はまさにこの美学の熱烈な信奉者なのでした。ただし、S先生においては騙してはならない女性がやや多すぎることと、裏切ってはならない友が、みなかなり個性的であることと、そしてなによりも自分自身の気持ちにあまりにも忠実すぎることがS先生の人生をかくも波乱万丈なものにしているのではないでしょうか。なぜなら、たいていの人はみな、自分を押し殺して生きることこそが人生だと思っているのですから。

さて、鍋が煮えるとS先生はほろ酔い機嫌で「健太郎、今日はでかした」と私の労をねぎらってから、「ところで、健太郎、飛び込むのが川の中ではなく、糞桶の中だったらどうか？　その糞桶の底に金貨が沈んでいるとして、さて、おまえならどうする？」と突然、得意の『糞桶金貨論』を持ち出したのです。数々の修羅場を潜り抜けてきた外科医にとっては、どんな話題も食欲を損なうことはないのでしょう。私は糞桶の中にまで突撃させられてはかなわないと思い、「川の中なら行きますが、糞桶だけはご遠慮します」と答えると、S先生はニヤリと笑い、「躊躇せず飛び込む者もいれば、鼻をつまんで立ち去る者もいる。そうかと思えば、迷いながらいたずらに時を費やす者もいる。しかし、自分が本当に欲しい物を手に入れようとする時は、糞にまみれる覚悟が必要なものだ。なぜなら、金貨はたいていい目の前にある。ただし、糞桶の中に」と言って、やつめうなぎをムシャムシャ食いながら、「うむ、なかなか美味である。1匹500円は安い！」と満足そうに笑うのでした。が、私は正直なところ、なんだか少し泥臭い味がしたのでありました。

ヘモ

私はやくざが苦手です。やくざには今まで何度も怖い思いをしてきたのです。ところが意外なことに、やくざの方では私に対してまんざら悪感情を抱くわけでもないらしい。いや、それどころかかすかな好意さえ持っている様子なのですから驚いてしまいます。もしかしたら私がやくざを恐れるあまり、あまりに丁寧な応対をするので、やくざの方は「こいつ、与し易し」とばかり親しげに近づいて来るのかもしれません。困ったことです。

ある病院に勤務していた時のことです。外来で診察していると受付の方が騒々しい。やがて受付嬢が真っ青な顔で先導してきたのは、金色の虎を縫い込んだ黒シャツを羽織り、肩で風切って歩く紛れもないやくざでした。地元で「大虎」と呼ばれている○○組の大幹部です。大虎は、痔の手術をしてくれ、と言いました。ヘモ（痔）は再発の多い病気です。私はなんとか逃げようとしたのですが、とうとう押し切られてしまいました。手術日の緊張といったらありません。なにしろ巨漢です。手術台がギシギシきしんでいました。そのうえ、全身くまなく施された極彩色の刺青が白一色の手術場に際立って、まことに鬼気迫る雰囲気なのです。手術が失敗して、あとでいちゃもんなどつけられた日にはたまったものではありません。私は決死の覚悟でした。私の人生においてかくも真剣な手術が他にあったでしょうか？　いつもこんなに命がけで手術をしていたならば、きっと今頃は名医かった胃潰瘍になっていたでしょう。幸いにも手術は成功し、数日後大虎は上機嫌で退院していきました。やっと私に平穏な日々が戻ったのです。

ある日のこと、私は家族を連れて町のお祭りに出かけました。夜店を覗きながら歩いていると「先生！」という大きな声、振り向くと大虎が子分たちに屋台をやらせていました。「こどもさんたちにどうぞ」と言って大虎自ら屋台の中に大きな体を窮屈そうに入れ、大汗をかきながら特大の綿菓子をふたつ作ってくれました。代金はいらないといいます。「おかげさまで順調です」と笑いました。意外な知り合いの出現に妻やこどもたちはびっくり、すっかり私を見直したようでした。私もなんだか少し得意、酒の勢いもあって思わず調子に乗り、「あんまりビクつくから、かえってよくないんだ。本当は彼らも孤独なんだよ。だから、ちょっとした親切でも身にしみるんだと思う。やくざだって同じ人間なんだ。ましてや医者の前では病める者はみな、平等のはずなんだよ」などと女こども相手にひとくさり大演説をぶち、おのれの言葉の美しさに自ら感服、陶然たる気分で帰路に就いたのでありました。

数日後、外来で診察していると受付の方が妙に騒々しい。みると大虎が緊張した顔でのしのしとはいり込んできます。「すわ、再発か？」と私は震え上がりました。ところが大虎は神妙な面持ちで「先生、今日はひとつ頼みがあって参りました」と言います。「実は、先生に痔の手術をお願いしたい人がいるのですが」

なあんだ、再発じゃなかったのか、と一安心、思わず「どなたでしょうか？」と尋ねたとたん、「よろしいんですか？」と大虎は喜び勇んで振り返るや「親分、親分、よろしいそうですよ、さあ、どうぞ、どうぞこちらへ！」と叫んだのです。「えっ、お、親分？　そ、そんな、私はただの……」と言う間もあらばこそ、「おう！」という威勢のいい返事とともに○○組の親分がズカズカとはいり込んできたではありませんか！　私は一目散に裏口から逃げ出したのでありました。

第3章　迷医の息抜記《いきぬき》

やさしくて、かなしくて、おかしくて、気高くて、
他に何が要るのでしょう。

『「晩年」に就いて』（『もの思う葦』に収録）　太宰　治

無人島への1冊

あなたは太宰治が好きですか？　それとも嫌いでしょうか。世間には太宰の熱狂的なファンがいて、そういう人たちは太宰を唯一無二の天才作家と信じて疑わず、他の作家をすべて否定、それればかりか自分以外の太宰ファンさえも決して認めようとせず、おのれひとりだけが真の理解者だと自惚れているいやな人種なのです。私もそのひとりです。

昨年（２００９年）は太宰治の生誕１００周年ということで、書店はどこもかしこも太宰フェアで大賑わいでした。けれども私に言わせていただくならば、相も変わらず『人間失格』だとか『斜陽』だとか暗い作品ばかりが並んでいて、いきなりあんなものを読ませられた日には三島由紀夫でなくとも「太宰はもうごめん」、ということになってしまうのではないでしょうか。太宰はどうもあの写真のイメージが災いしてか、世間から暗い作家だと思われているようです。しかし、実は大違いなのです。

そこで、まず初めに、太宰が雑誌社から「小説の面白さについて書け」と言われて答えた文章をご紹介しましょう。

「小説と云うものは、本来、女子供の読むもので、いわゆる利口な大人が目の色を変えて読み、しかもその読後感を卓を叩いて論じ合うと云うような性質のものではないのでありまます。（中略）小説と云うものは、そのように情無いもので、実は、婦女子をだませばそれで大成功。その婦女子をだます手も、色々ありまして、或《ある》いは謹厳を装い、或いは美貌をほのめかし、あるいは名門の出だと偽り、或いはろくでもない学識を総ざらいにひけらかし、或いは我が家の不幸を恥も外聞も無く発表し、以て婦人のシンパシーを買わんとする意図明々白々なるにかかわらず、評論家と云う馬鹿者がありまして、それを捧げ奉り、また自分の飯の種にしているようですから、呆れるじゃありませんか」

いかがですか？　この逆説的なもの言い、落語のように軽妙な語り口、太宰の小説の面白さは、実はこの「語り口の面白さ」にあるのです。そこで、この観点から選ぶならまず最初に挙げられるのが『お伽草紙』でしょう。『お伽草紙』は太宰が戦時中、防空壕の中で愚図つくこどもをあやすために絵本を読み聞かせているうちに思いついたものだそうです。前書きを読んでみましょう。

「母の苦情が一段落すると、こんどは、五歳の女の子が、もう壕から出ませう、と主張しはじめる。これをなだめる唯一の手段は絵本だ。桃太郎、カチカチ山、舌切雀、瘤取り、浦島さんなど、父は子供に読んで聞かせる。

この父は服装もまづしく、容貌も愚なるに似てゐるが、しかし、元来ただものでないのである。物語を創作するといふまことに奇異なる術を体得してゐる男なのだ。

ムカシ　ムカシノオ話ヨ

などと、間《ま》の抜けたやうな妙な声で絵本を読んでやりながらも、その胸中には、またおのづから別個の物語が醞醸せられてゐるのである」

いかがでしょうか。ワクワクするような口上だと思いませんか？　太宰は前書きの名手なのです。もうひとつ、「グッド・バイ」の前書きも読んでみましょう。

「唐詩選の五言絶句の中に、人生足別離の一句があり、私の或る先輩はこれを『サヨナラ』ダケガ人生ダ、と訳した。まことに、相逢った時のよろこびは、つかのまに消えるものだけれども、別離の傷心は深く、私たちは常に惜別の情の中に生きているといっても過言ではあるまい。

題して『グッド・バイ』現代の紳士淑女の、別離百態と言っては大袈裟《おおげさ》だけれども、さまざまの別離の様相を写し得たら、さいわい」

いかがですか、グッとくる文章だとは思いませんか？「グッド・バイ」は未完に終わってしまいましたが、もし完成していたならば、太宰の最高傑作になっていたかもしれません。

語り口の面白さだけなら『新釈諸国噺』が最高だと思います。「裸川」、「粋人」、「貧の意地」などは絶品です。あなたはきっと笑い転げますよ。また、「花吹雪」もオススメです。「花吹雪」は評論家の先生方からは見向きもされない作品ですが、私はトイレの便器に腰掛けたまま思わず吹き出してしまい、何度も繰り返して読むうちに足が痺れて立ち上がることができなくなったほどでした。（私のトイレには本棚があるのです）

しかし、『お伽草紙』に関していうならば、語り口の面白さだけではありません。たとえば「舌切雀」のおばあさん、彼女は本当に欲張りばあさんだったのか？　重いつづらを担いだまま行き倒れになってしまったおばあさん。おばあさんはお宝を持ち帰って、なんとかして、おじいさんに出世してもらいたかったのでしょう。いいえ、本当は、おじいさんからひとこと、「おまえには苦労をかけるねえ」と優しい言葉をかけてもらいたかっただけなのです。私はおばあさんの気持ちを思うと切なくて、不覚にも便座の上で嗚咽がと

まりませんでした。（私のトイレの本棚には太宰の全集が置いてあるのです）
それでは、太宰の究極の1冊といったら何でしょう？　もしも私が無人島に行かなくてはならなくなって、1冊だけ本を持っていくことが許されたならば、私の持っていく本はすでに決まっています。名付けて「無人島への1冊」。けれどもそれは秘密です。あなたも太宰の全集の中から自分だけの1冊を探し出してみてはいかがでしょうか。

我に五楽あり

世に娯楽あり、我に五楽あり。娯楽の「娯」の字は「女呉（おんなくれ）」と書きますが、私の五楽に女ヘンはありません。五楽とはすなわち「碁」「ゴルフ」「午睡」「御不浄」「5時から麻雀」の五つの楽しみのことです。麻雀は必ずしも5時からやる必要はないのですが、頭文字をすべて「ゴ」に統一する都合上、無理やりこのような形になりました。

医者の不養生とはよく言ったもので、私などは日頃、患者さんには「運動しろ」だの「酒を飲みすぎるな」だの「ストレスをためるな」などと言いながら、自分は朝から晩まで座ったままで聴診器より重いものは持たず、一日中患者さんの愁訴の受け皿となってストレスを溜めこみ、夜ともなれば矢も楯もたまらずお酒に手が伸びてしまうのですから、まさに不健康極まりない生活を送っているわけです。そんな私の一番の健康法は、楽しみを見つけて心身を思いっきりリフレッシュすることです。「楽」という字も「草かんむり」に「楽しい」と書くではありませんか。楽しむことが一番の薬なのです。

さて、「ゴルフ」の楽しさは今さら説明するまでもないのですが、難をいえば、雨が降っても簡単にやめるわけにはいかないのが辛いところです。晴れれば幸いですが雨の日は体に毒です。「晴耕雨読」といいますが、ゴルフの場合は「晴幸雨毒」というべきでしょうか。

その点、「碁」はお天気にかかわらずできるのがうれしい。ただし碁の場合、実力がはっきり出てしまい、お天気のせいにもできないのが辛いところです。私の場合はたいてい9目ほど置いてから始めるのですが、初めは盤上黒一色だったのが、攻め立てられ、追い詰められて、最後は白一色になってしまうのは実に情けないものです。

その点、「麻雀」は実力がなくとも運と度胸でうてるのがうれしい。しかも麻雀は「人生の縮図」と言われていて人生修行にもなり、一挙両得なのです。ただ、それにしては雀荘などで厳しい麻雀の修行にいそしんでいる人ほど人相が悪いのが気がかりなところです。

その点、「午睡」はお金もかからず、天候にも左右されず、人相も悪くならないので、ぜひともおすすめしたいものです。しかも先日のテレビで「昼寝をすると頭が良くなる」と言っていました。今さら頭がよくなっても手遅れのような気もしますが、昼寝をしたあとは頭がすっきりして、仕事もはかどるのは確かです。午後の診療にも自然と気合がはいります。時々、元気が出すぎて、患者さんがはいってくるなり思わず「おはようございます！」と言ってしまうのが欠点といえば欠点です。

「御不浄」がなぜ楽しみなのかについては、少し説明を要すると思います。尾籠な話で恐縮ですが、私はなぜかトイレの回数が多く、1日に少なくとも3回以上はウンチに行きます。1日の休憩時間の大半をトイレで過ごしているわけです。そこで時間を有効に活用するため、トイレに本棚を作りました。誰にも邪魔されず、ゆっくり読書できる「御不浄」は別天地です。診療の合間にもちょくちょく自宅のトイレに帰ります。そんな時、私はスタッフに「ちょっとウチに行ってくる」と断って出てくるのですが、先日、忘れ物をして医院に戻ったところ、スタッフの会話が耳にはいりました。「先生は？」「先生はウンチでーす」どうしてわかったのか？　私は確か「ウチ」と言ったはずなのだが……。

ある時、私は意外な現象に気づきました。本屋にはいると必ずトイレに行きたくなるのです。いつもウンチしながら本を読んでいるうちに、本を見ると反射的にウンチしたくなる体になってしまったのです。これを条件反射と言います。

条件反射で有名なのは「パブロフの犬」です。これは、パブロフ博士が犬におこなった実験で、博士が犬に餌を与える前に必ず鈴を鳴らすようにしていたところ、鈴の音がしたとたん、反射的に博士が餌を出すようになってしまった、というものです（確か、そういう話だったと思いますが間違っているかもしれません）。鈴を鳴らすことを覚えた犬はまるまると太り、博士は餌代がかさんでスッカラカンになってしまったそうです。このように条件反射はとても強力なので、便秘症の方にはぜひトイレに本棚を作ることをお薦めしたいと思います。

さて、我々町医者は、プライドを捨て（あるいは失い）、出世の道もなげうって（あるいは閉ざされて）、敢然と（あるいは仕方なく）開業したわけでありますから、この先、健康には十分気をつけて細く長く仕事をしていきたいものだと思います。

麻雀大会優勝記（優勝を志す若き人たちのために）

エッヘン！　このたび、私の2回目の優勝に際し、後輩のI君から「ぜひ、優勝の秘訣を書いてください」との要請があった。本来ならば連覇をめざす私としては、その秘訣は秘中の秘とすべきところであるが、I君のように優勝を志す若き人たちのためにリスクを覚悟の上で、あえて今回の優勝の秘密を公開しようと思う。

私の前回の優勝の際、「あれはただのツキさ」という声がチラホラ聞こえた。それは単に私への中傷というにとどまらず、麻雀に対する冒涜であろうと思われる。ツキだけで勝てると考えている御仁がいるとしたら、それはとんでもない心得違いというべきであろう。これから一流の雀士をめざそうとする若き人たちが拙文を読んで、麻雀の真髄に少しでも触れていただくことができれば筆者としてこれに過ぎる喜びはない。

さて、麻雀に勝つためには三つの原則がある。

第一は、振り込まないことである。特にライバルに振り込んではいけない。これに振り込むとその日のツキが全部逃げていってしまうからである。今回、優勝最右翼と目されていたA先生が勝てなかったのは、用意ドンでいきなりI君にハネマンを振り込んでしまったのが最大の敗因であったと私はみている。ちなみに私は、A先生だけには振り込まないよう、細心の注意をしたものである。それでもドラ待ちのひっかけに一発で振り込んでしまったのだから、麻雀というものは実に奥が深い。

第二には、点数計算の取り扱いに精通することである。確か1回戦の時だったと思う。I君がつもりあがって「これは何点になるのですか?」と聞いていたが、あんなことでは到底優勝は覚束ない。私の場合を例にとってお話ししよう。4回戦で私がつもりあがった時、「ゴンニですね」と私が申告するとK先生が「いや、ザンクでしょう」と自信ありげに反論した。さすがはK先生、点数計算ができるな、と思ったが、念のためもう一度「ゴンニじゃないんですか?」と言ったところ、「いや、絶対ザンクです!」と仁王立ちになった。私はちょっと計算し直すふりをして、「あ、そうですね」とあっさりと引き下がったものである。点数計算のできない私としては言い争っても到底勝ち目はないからである。が、なにも初めから「私は点数計算ができません」と言う必要はない。いかにもできるような顔をして、少し高めに申告してみるのがコツである。3回に1回ぐらいは通るものだ。ここら辺は税金の申告とはちょうど逆になるので、点数計算の取り扱いには十分注意されたい。

第三は、これが究極の勝利の秘訣というべきことであるが、「チョンボをしない」ということである。これに尽きるといっても過言ではない。I君が今回、1回戦でトップをとりながら脱落してしまったのも、4回戦で手痛いチョンボをしたのが敗因と私はみている。その点、当然のことながら私は完璧であった。毎回必ず一度はやるチョンボを今回は一度もやらなかったのである。奇跡に近い。殊に3回戦は圧巻であった。私がリーチ2巡目でサブローマンを見事つもりあがった時、凄腕のS先生が「うーん、いい待ちだね、サブローマン・カンリャンマンですか」と言いながら、変則待ちに気づいていたのかなと言わんばかりの疑わしげな目つきでちらりと見た。カンリャンマンをすっかり見落としていた私は内心ギクリとしたが、さもわかっていたかのように平然とうなずいて、すばやく牌をかきまぜたのである。実に危ういところであった。優勝をめざすからには、この程度の演技はさりげなくできるようでありたい。

以上、実戦を振り返りながら、麻雀に勝つ秘訣について述べてみた。このように麻雀は一見簡単に見えてその実まことに奥が深く、やや高等な戦術をお聞かせしたので、もしかしたらI君などは自信を喪失してしまったかもしれない。しかし、あまり深く考え込むのはかえってよくない。たかがゲームじゃないか、という開き直りも時には必要である。ことわざにも「ツキこそもののじょうずなれ」と言うではないか。なんだかんだと言ってみたところで、結局最後はツキなのだから。あれ？……。

（追記）

この文章が市の医師会報に載ったあと、なにかの宴席で消化器内科のM教授からいきなり背中をバシッとたたかれ「麻雀大会優勝記、面白かったぞ、ガッハッハッ」とお誉めの言葉をいただきました。意外にも、M教授は麻雀が大好きだったのだそうです。その後、まもなくしてM教授はお亡くなりになられました。今となっては貴重な思い出です。

医師会ゴルフコンペ優勝記

また優勝しちゃいました。しかも、51―50のトータル101という、まことに申し訳ないようなスコアで。私はなぜか新ペリアにはめっぽう強く、２回に１回は優勝に絡んでいるような気がします。「あいつは隠しホールを知ってるんじゃないのか？」と疑わしい目で見る方もいらっしゃるようですが、知っていて打ち分けられるほどの技量があれば、こんなスコアにはならないだろうと思います。パーを狙って11打もたたいてしまうような腕前なのです。ただ、大たたきしたあとで、「ここが隠しホールに違いない！」と確信できるところが才能といえばいえるのかもしれません。

今回もブービーをとってもおかしくないようなスコアにもかかわらず、表彰式では「優勝したらどうしよう、どうしよう……」と心配していたら、不安が見事に的中してしまいました。たぶん、人生の運をこういうところで全部使い切っているため、実生活ではこんなにも辛い人生を余儀なくされているのでしょう。

ちなみに優勝賞品は、高級ブランデー1本と、1万円のごっつぉ便、さらに副賞として200グラムの三梨牛《みつなし》3枚と、果物詰め合わせひと籠と、ダイヤモンドの指輪があればいいなあ、と思ったのですが、それはこの次の楽しみにしたいと思います。幹事の先生、よろしくお願いいたします。

こんなスコアでこんな賞品がもらえる大変お得な医師会コンペ、みなさんもぜひ、参加してみてください。

末席理事志願

このたび、市医師会の理事として２期目を迎えることになりました。１期目は末席理事として勉強させていただきました。末席理事というのは、単に末席に座る理事という意味ではありません。特別な理事なのです。数々の特典が与えられているわけであります。

まず第一に、ドアに一番近い席なので、最後にはいって最初に出られるという特典があります。また、途中でトイレに立つのにも大変都合がいいわけです。しかもサイドテーブルにも近いので、コーヒーや日本茶のお代わりがしやすいという利点もあります。

それだけではありません。監事の先生方や事務局長に一番近い席なので、いろいろと質問や相談もできて大変勉強になるのです。（でも、もしかしたら本当は監事や事務局長が監視しやすいように、問題児を座らせておく席なのかもしれません）

しかし何といっても最大の特典は、主席理事や会計担当理事に比べて、その責任が極端に軽いことでしょう。まさに吹けば飛ぶような存在で、居ても居なくても同じようなものなのですが、それでいて日当は同じというのですからこたえられません。私が末席理事を再志願する所以です。

なに？　あなたも末席理事になりたい？　うーん、やむを得ません。2年後にお譲りいたしましょう。必ずやってくださいね！

大学医局ＯＢ会の案内状

前略

若草萌ゆる頃、みなさまには益々ご清栄のこととお慶び申し上げます。

さて、われら外科医局ＯＢ会の同志は、青雲の志に燃えて医局を巣立って以来幾星霜、もとより富貴安楽の道を潔しとせず、艱難辛苦の外科医の王道を歩むものでありますが、峠に茶屋あり、砂漠にオアシスあり、時には盛夏の一夕、木陰に宴をはり、日頃の鬱懐を持ち寄って酒を酌み交わし、過ぎし日を偲び、未来に思いを馳せるのも一興かと存じます。

このたびはかつてのわれらが医局の鬼軍曹、いまや学会のご意見番、がん研有明病院のＹ先生をお招きしてご講演いただくことにいたしました。万難を排してご参集くださいますよう、お願い申し上げます。

草々

（追記）

がん研有明病院のY先生は、かつて私たちの大学医局の医局長でいらっしゃいました。そのころ私は先生の研究のお手伝いで毎日懸命に試験管洗いに精出しておりましたが、いつも失敗の連続で叱られてばかりでした。ある時などは大酒を飲んで大事な実験を忘れてしまい、3カ月間の禁酒を言い渡されたこともありました。

先生ががん研に移られたとき、私は同僚のM先生とともに医局OB会の当番幹事としてY先生をお招きし、ご講演いただきました。OBのほとんどが参集し、かつてないほどの盛り上がりでした。この案内状はそのときに私が起草したものです。名誉挽回を期して一生懸命準備したのですが、肝腎の司会で失敗し、またまた叱られてしまいました。医局を出てから苦節30年、不肖の弟子はやっぱり不肖の弟子のままかと、とても情けない思いをしたのを覚えています。

それでも今回、私が出版を躊躇していたとき、先生が私の背中を押してくださいましたので、それに勇気づけられ、出版に踏み切ることができました。深く感謝申し上げます。

拝啓　土屋　賢二さま

私は先生のエッセイの愛読者です。このたび、「胃カメラからの生還」という文章を読み、哲学者と町医者という立場の違いを超えて深い共感を覚えずにはいられませんでした。特に、「わたしは胃カメラに非常な恐怖心を抱いており、胃カメラをのむくらいならガンになったほうがましだ、とさえ思っていたのである。（中略）ガンの疑いがあるだけでも深刻なのに、その上に胃カメラまでのむ、こんな不幸があるだろうか。（中略）どんなに元気そうに検査室に入って行く人でも具合が悪そうな様子で出てくるのだ。（中略）検査室の中では検査ではなく、悪質な拷問が行なわれているにちがいない」というくだりでは「さもありなむ」と大きくうなずいてしまいました。私だって好きで胃カメラをやっているわけではないのです。本当は胃カメラをやらずにその料金がもらえたらどんなにいいだろう、と思っているのです。

しかも、最近、私は胃カメラでゾッとするような体験をしてしまいました。患者さんが胃カメラを口にくわえたまま離そうとしなかったのです。いくら離せと叫んでも言うことを聞きません。それはその患者さんが耳が遠かったせいもありますが、ボケていたせいもあります。3人がかりでやっとのことで引き抜いたのですが、もし総入れ歯でなかったら大変なことになっていたでしょう。私は思わず「大丈夫か?」と胃カメラに向かって叫んだほどです。胃カメラは何にも答えませんでしたが、胃カメラが何か言ったらびっくりしたでしょう。実際、私の医者仲間で胃カメラを食い千切られた人もいるのです。実に危ういところでした。私はこれを「胃カメラの奇跡の生還」と呼んでいます。

先生は近々「胃カメラからの奇跡の生還」という本をお出しになるそうですね? その時はぜひ私にもひとこと解説させてください。最近の胃カメラは進歩が著しく、鼻から入れるものも出ていますし、小腸まで見えるものも開発されています。そのうち鼻から入れて肛門まで見られるようになるかもしれません。ただし、その場合は引き抜く時に、どうしてもまた鼻を通らねばならぬのが難点です。かといって、口から引き抜くのはもっと嫌がられるでしょう。

それはさておき、町医者としてはこのまま手をこまねいてみているわけにはいかないのです。実際、先生の本が出てからというもの、当院の胃カメラのキャンセルが相次いでいるような気がするのです。これを単なる偶然と片付けてよいとは思いますが、ひょうたんから駒、棚から哲学で何が起こるかわかりません。一介の町医者が何を言うか、と思われるかもしれませんが、先生が「笑う哲学者」なら私も「笑う町医者」（近所の人が）です。自分では「サイキンをよく殺す医者」と自負していますが、近所では「サイキンよく殺す医者」と噂しているような気がします。私は世間の評判などは少なからず気にするタイプなので、患者さんの誤解をできるだけ解いておきたいのです。

もちろん、このような差し出がましい申し出をするからにはタダでとは言いません。私も医者のはしくれ、したがってお金には大変不自由な身分なので原稿料はきちんといただくつもりです。解説だけでは足りないとおっしゃるのでしたら、先生の健康診断書もお書きします。それでも不足なら死亡診断書の用紙もおつけいたしましょう。出版の際はぜひ一声おかけください。ご一報をお待ちしております。

敬具

注１　ご一報はまだこない。
注２　この手紙はまだ出していない。

ニュートンのりんご

それは満月の夜のことでした。ニュートンは庭の椅子に腰掛け、月を眺めながら瞑想にふけっていました。「万物に引力が働いている。当然、月にも引力が働いている。そうでなければ月は宇宙の彼方へ飛び去ってしまうだろう。それなのに、なぜ月は地球に落ちてこないのだろうか？」。その時、目の前にポトリとりんごが落ちてきたのです。その瞬間、ニュートンははっと気づきました。「月も地球に向かって落ちているのだ！　けれども、ものすごいスピードで横方向に動いているため、近づきもせず、遠ざかりもせず、結果として地球のまわりをぐるぐる回り続けているのだ！」

これは今では高校生でもわかる理屈ですが、当時は誰ひとりとしてこのことを説明できる人はいなかったのです。

ニュートンの万有引力の法則は、太陽系の惑星の運動に関する詳細なデータをもとに計算されたものです。ところで、惑星がなぜ「惑星（惑わす星）」と呼ばれているのかをご存じですか？　それは惑星の動きが地球から見ると「行きつ戻りつ」しているように見えるからです。これは惑星が太陽のまわりを回っているためなのですが、当時、このような奇妙な動きをするのは全天の星の中でわずかに５～６個だけでした。この惑星の運動を詳細に観察したことが、ニュートンの万有引力の法則の発見につながったのです。すなわち、このようなごくわずかな例外的な事象の中にだけ、真理はその素顔を垣間見せてくれるのです。

私もまた、月を眺めながら「『日本書紀』の謎」について想いをめぐらせていました。『日本書紀』の中には星の数ほどたくさんの年代が記載されていますが、そのほとんどすべてがでたらめであるとされています。その中にあって「百済の五王の没年」だけは明らかに異なるのです。なぜならこの五つの年代は実年代との間に正確に１２０年のずれがあるからです。どうしてこの五つの年代だけが正確に１２０年ずれているのでしょうか？　私にはこのことがまるで惑星の運動のように奇妙なことに思えたのです。もしかしたらこの五つの年代には『日本書紀』の不可解な年代の謎を解き明かすカギが隠されているのではないだろうか？　ニュートンが惑星の運動から万有引力の法則を発見したように、「百済の五王の没年」から「『日本書紀』の年代の法則」を見出すことができるのではないだろうか？

私がこんなことを夢想していると、「おまえはいったい何を考えているのだ？『日本書紀』の年代の法則だって？　還暦もとうに超えた老人が、そんなくだらないことにうつつを抜かして、いったい何になるというのだ？」という声なき声が聞こえてきたのです。もしかしたら、親しい友や家族の目にも、私はまるで髪を振り乱して錬金術の研究に没頭している気の狂った老人のように映っているのかもしれません。

けれども私の主張は決してそんな狂人の世迷い言ではありません。私がめざしているのは、『日本書紀』の復権なのです。現在、日本に『日本書紀』を読んだことのある日本人がいったいどれだけいるでしょうか？　おそらく一万人にひとりもいないのではないでしょうか。これは実に嘆かわしいことです。私は『日本書紀』こそは日本人のバイブルだと思っています。ユダヤ民族に旧約聖書があるように、日本民族には『日本書紀』があるのです。しかし、先の大戦の大敗がトラウマとなって、国民全体が『日本書紀』を忘却してしまっているのです。こんなことを言うと、「おまえは右翼か？」と疑われそうですが、私は右翼でもなければ左翼でもありません。無欲ではありませんが、強欲でもありません。私はただ、「日本人とは何か？」を知りたいと思っているだけなのです。それはすなわち、「自分はいったいどこからきたのか？」という問いにつながっているのです。自分のルーツを知りたいと思うのは、人間の根源的な希求なのではないでしょうか。

ところが今の高校の教科書をみると、日本の歴史は卑弥呼から聖徳太子までの300年間が空白なのです。すなわち、建国の歴史がすっぽりと抜け落ちているのです。今の日本にこの国がどうやってできたのかを説明できる人がひとりでもいるでしょうか？　全国に5000基もある前方後円墳がいったい誰の墓なのかさえもさっぱりわからないのです。私たちは日本の国に生まれ、日本の国で一生を暮らしながらも、この国の成り立ちについては何ひとつ知らずに死んでゆくのです。なんとも寂しいことではありませんか。けれどもここに『日本書紀』があるのです。そこには有史前の神話から始まって、日本の国が統一されるまでのいきさつが生き生きとしるされているのです。ただ、年齢と年代だけが不合理なのです。いったいどうして年齢と年代がこんなにもめちゃくちゃなのでしょうか？

そんなことを考えている時、私の目の前に小さなりんごがポトリと落ちてきたのです。「もしかしたら、古代の日本では中国とは異なる暦（古代暦）が使われていたのではないだろうか？　そのために古代天皇の長寿や年代のずれが生じたのではないだろうか？　もしもその『古代暦』を知ることができれば、『日本書紀』が真実の書であることを証明できるのではないだろうか？」

　私はこのりんごを大切にしようと心に決めました。そして『古代暦』という着想に立って『日本書紀』の年代を見直してみたところ、『日本書紀』の年代にはひとつの法則性があることに気づいたのです。そしてこの法則こそが『日本書紀』の謎を解くカギとなるに違いないと私は考えているのです。そんなわけで、しばらくの間、私の錬金術師的研究を大目にみていただけたら幸いです。

疫病と『日本書紀』

コロナの大流行で大好きな旅行もできず、家の中に閉じこもったまま、思いは古代へ古代へとますます退行するようになりました。時間のある時は『日本書紀』に没入し、失われた悠久の世界に思いを馳せる今日このごろです。

『日本書紀』によれば、第10代崇神天皇の時、国内に疫病が大流行し、国民の半数が死亡するという大惨事があったそうです。文字通り国家存亡の危機だったのでしょう。崇神天皇は「これは私の政治に至らぬところがあるために神の怒りを買ったのではないか？」と考え、神占いをしてその原因を究明することにしました。すると天皇のおばのヤマトトトヒモモソヒメが神がかりして、「私は大物主の神である。この疫病は私の意思である。私を祀らないからこのようなことになったのだ」と告げたのです。大物主の神とは大和の国の土地神で、天皇家は神武の東征以来、この神をないがしろにしていたのです。そこで崇神天皇はあわてて大物主の神を丁重に祀りましたが、いっこうに効き目がありません。

すると今度は天皇の夢に大物主の神が現れて、「わが子、大田田根子をもって私を祀らしめれば、疫病はたちどころにおさまるであろう」というお告げがあったので急いで大田田根子を探し出して祀らせたところ、まもなくして疫病はやんだというのです。このあと、崇神天皇は有名な四道将軍を派遣して全国の平定に着手し、晩年にはついに出雲の国の征討に成功します。この時崇神天皇は出雲の国主の振根を誅殺しましたが、出雲の神を祀ることは忘れませんでした。すなわち、「征服はするが、土地神は丁重に祀る」という原則を守ったのです。この統治の原則こそが大和朝廷が全国統一に成功した最大の要因であったと私は思っています。

これは実は画期的なことです。なぜなら、征服というものは本来、敵国の文化や伝統を根絶やしにして、自国の文化を押し付けることだからです。すなわち、相手の神を殺して自分の神に従わせることなのです。その典型がサラセン帝国の「コーランか然らずんば剣か」であり、「回教を信仰するか、それとも死か?」と二者択一を迫るやり方なのです。

それに対して崇神天皇のやり方は相手の神や文化を尊重するやり方なので、被征服民は非常に受け入れやすかったに違いありません。崇神天皇はそれが統治においていかに大切であるかを疫病から学んだのだと思います。そしてその結果、天皇家は全国の統一に成功し、それ以来、天皇家は八百万の神々を祀ることになったのではないかと私は考えています。

古代人にとって天災や疫病は神々の怒りの現れでした。そして神々の怒りの原因は人間の行為にあると信じていました。それゆえ、神に謝罪し、神をなだめることこそが天災や疫病から逃れる唯一の方法であると考えたのです。それを古代人の無知として片付けることもできますが、私はそこに「古代人の謙虚さ」をみるのです。

ひるがえって、現代人はどうでしょうか？　近年の環境破壊は実に目に余るものがあります。あまりにも自然の神々をないがしろにしているのではないでしょうか。たとえば、東日本大震災にしても、原発事故さえなかったらあれほどの大惨事にはならなかったでしょう。復興がこれほど遅れているのは「原発」が原因であることは明らかです。もしかしたらあの大震災は「原発」という人間の思い上がりに対する神々の怒りなのではないかとさえ思ってしまうのです。

それでは今回のコロナはどうでしょう？　本当に自然災害なのでしょうか？　まさかとは思いますが、生物兵器が漏れてしまったということはないでしょうね？　人間を滅ぼすものは天災や疫病ではなく、結局のところ、人間自身なのではないかという心配がつきまというのです。

　コロナは人類にとって100年に1度と言われるほどの災禍です。おそらくこれからも多くの人々が命を落とすことになるでしょう。けれども人類はこの災禍をきっと乗り越えることができるだろうと思います。問題はそのあとです。果たして人類はこの災禍を自らの教訓とすることができるのでしょうか？　それともさらなる混迷の世界へと迷い込んでいくのでしょうか？

　現代人が失ったもの、それは神の前にこうべを垂れ、身を縮めて祈りを捧げる、あの「古代人の謙虚さ」なのではないでしょうか。

赤ひげ考

世間において医者を批判する時に持ち出される決まり文句は、「赤ひげはどこに行った！」「赤ひげはいないのか！」であります。まことにこれほど説得力のある言葉はありません。庶民の怒り、苛立ちはこのひとことで頂点に達し、医者はみな悄然とうなだれてしまうのです。

赤ひげの原点はどこかといえば、黒澤明監督、三船敏郎主演の映画『赤ひげ』でありましょう。あの赤ひげは実にかっこよかった。

まず第一に見栄えがいい。いかにも堂々としている。もしこれが提灯を持って横丁をちょこちょこ走っているみすぼらしい医者であったなら、どれほど善意の医者であろうとあれほどの感銘は受けなかったでしょう。

第二に医者としての腕がいい。なにしろ将軍の脈をとるほどの名医なのです。

第三に腕っ節が強い。町のごろつきが束になってかかってもかなわないのです。もしあの場面で地面にはいつくばって命乞いをしたならば、いかに弱者の味方とはいえ、あれほどの感動はなかったことでしょう。

このようにみてくると、赤ひげのかっこよさとは「善意の医師」「弱者の味方」ということよりも、むしろあの超人的な強さにあるのではないかと思われます。善意だけでは弱者も病人も救うことはできないのです。赤ひげにあって私にないもの、それはまさにあの超人的な知力、体力、精神力なのです。私にそれを望むというのなら、それは望むほうが酷というものではないでしょうか。

しかし、私にあって赤ひげにないものもあります。まず第一に、赤ひげには借金がない。借金のないものにお金の本当のありがたみはわからないのではないかと思います。第二に、赤ひげには健康の不安というものがない。私はかつて心臓を患い、死にかけたことがありますが、健康のありがたさを知ったのはまさにその時なのでした。第三に、赤ひげには妻子がない。妻子がいれば生活費を稼がねばならぬ。こどもの教育もせねばならぬ。親子の触れ合う時間も大切です。その点、赤ひげには生活の匂いというものがまるでない。要するに彼には、私のような小市民的苦労というものがないのです。

このような、金の苦労がない、病気をしたことがない、生活の苦労がない、というような超人に、果たして本当に弱者の気持ちがわかるものなのでしょうか？　私は昨今の日本の超エリートと呼ばれる人たちの言動を見るにつけ、そんな疑問を抱いてしまうのです。本当の庶民の味方は、庶民の中から、弱い人間の中から生まれるものなのではないでしょうか。

それでもやはり赤ひげはかっこいい。悔しいけれど赤ひげのような名医にはとてもなれるわけもなく、「迷医」が精一杯のところでしょうが、せめて患者さんと共に迷い悩む「迷医」でありたいと願っているのです。

あこがれ

作詞　秋田　健太郎
作曲　秋田　健太郎
編曲　ＭＱバンド

それはかつては　もっと形あるものだった
遠い昔から　幾多の人々が
求めて東へ　旅に出たように
僕も旅立つその日を　夢にみていた

それは埃立つ　都会の雑踏の中に
いつしか見失って　しまったものだろうか
それともとめどない　日々の煩わしさの中に
置き去りにされて　しまったものだろうか

寒さに凍える　冬の夜に
さびしさに震える　一人の夜に
それはかすかに　光ってささやきかけるよ
凍てつく冬の星空を　ひとり見上げた者だけに

平凡な今日がまた　平凡な明日を作る
絶え間ないその繰り返しに　ピリオドを打って
敢然とひとり　求めて旅立つことは
生きることへの反逆なのか　それとも生きることなのか

誰もがやるせない　もどかしさの中に
あこがれをうずめて　生きている
けれどもいつの日か　気がついてふり返ったならば
そのときあの日のままで　光っているだろうか

それはかつては　もっと形あるものだった
遠い昔から　幾多の人々が
求めて東へ　旅に出たように
僕も旅立つその日を　夢にみていた

あとがき

この本は、診療所開業以来30年間にわたって医師会雑誌などに投稿してきたエッセイをまとめたものです。今、こうして読み返してみると、受けを狙って恥をさらしただけ、という気がしないでもありません。

「君子は人を喜ばせても自分を売らない。小人は自分を売っても人を喜ばすことができない」

これは孔子の言葉なのだそうです。耳の痛い言葉です。

初めは診療の合間に感じたことなどを書き留めておこう、と思って始めたエッセイでしたが、だんだん研修時代の思い出などを書いているうちに、いつしか自分のつたない人生を書き綴ることになっていきました。

私にとって人生とは、生まれた時に持っていた「可能性」を、ひとつずつ丹念に塗りつぶしていく作業だったような気がします。そしてその作業の果てに残ったのがこの1冊というこ とになるのでしょう。すなわちこの本は私にとってはパンドラの箱の底に残った『最後の石』なのです。いつの日か孫たちがこれを読んで、「へえ、おじいちゃんて、こんな人だったんだ」と言う姿を思い描いてみたりします。もしかしたら将来、私の失敗を糧として名医の道を歩んでくれる孫が現れるかもしれません。

このたび、たくさんの方々の激励によりこの本の出版にこぎつけることができました。応援してくださった方々に心から感謝申し上げます。また、S先生こと東海林茂樹先生が、生前、「おれのことを書くのはいいが、もっとかっこよく書いてくれ」と楽しくご指導くださったことが懐かしく思い起こされます。ありがとうございました。

最後に、幼い頃の私に作文の書き方を教えてくれた90歳になる母にこの本を捧げたいと思います。いつまでも元気でいてください。

著者プロフィール
秋田 健太郎（あきた けんたろう）
1952年生まれ。
北海道出身、秋田県秋田市在住。
秋田県立秋田高等学校卒業。
秋田大学医学部卒業。
開業医。

イラスト協力会社／株式会社 i and d company：岡安俊哉

ある迷医のものがたり

2023年7月15日　初版第1刷発行

著　者　秋田 健太郎
発行者　瓜谷 綱延
発行所　株式会社文芸社
〒160-0022 東京都新宿区新宿1－10－1
電話 03-5369-3060（代表）
03-5369-2299（販売）

印刷所　図書印刷株式会社

ISBN978-4-286-24316-0　JASRAC 出 2302146－301